守《しゅ》護《ご》霊《れい》探《たん》偵《てい》アンバー②

ライバルにも悪霊《あくりょう》にも負《ま》けない！

小《こ》谷《たに》杏《きょう》子《こ》・作

ほし・絵

アルファポリスきずな文庫

Contents

登場《とうじょう》人物《じんぶつ》
猫《ねこ》宮《みや》ルビィ
霊界《れいかい》のアイテムでこはくと同《おな》い年《どし》の
女《おんな》の子《こ》になった『守護霊《しゅごれい》みならい』。
元気《げんき》いっぱいな性格《せいかく》。
佐《さ》伯《えき》こはく
中学《ちゅうがく》2年生《ねんせい》。亡《な》き愛猫《あいびょう》ルビィが
『守護霊《じゅごれい》みならい』となったため、
サポーターとして活動中《かつどうちゅう》。
争《あらそ》いごとは苦手《にがて》。
ルビィ（猫《ねこ》の姿《すがた》）
ルビィの本当《ほんとう》の姿《すがた》。

天《あま》月《つき》光《らいと》
こはくの同級生《どうきゅうせい》。
優等生《ゆうとうせい》で誰《だれ》にでも優《やさ》しい。
悪霊《あくりょう》ムーンライトに
取《と》り憑《つ》かれていた
時期《じき》がある。
天《あま》月《つき》海《まりん》
光《らいと》の双子《ふたご》の弟《おとうと》。
光《らいと》とは違《ちが》い問題児《もんだいじ》
だったが、ムーンライトの
事件《じけん》が解決《かいけつ》して
少《すこ》しだけ真面目《まじめ》に。
三園《みその》ほたる
こはくと同《おな》じ学年《がくねん》の生徒会役員《せいとかいやくいん》。
海《まりん》と同《おな》じクラス。
何故《なぜ》かこはく達《たち》のことを
敵視《てきし》していて……
卯野千颯《うのちはや》
海《まりん》やほたるのクラスの転校生《てんこうせい》。
ほたるとは幼馴染《おさななじみ》らしく、
いつも一緒《いっしょ》にいるけれど……

プロローグ　転校生《てんこうせい》はルビィ!?

——守護霊《しゅごれい》みならいルビィ、第二次試験《だいにじしけん》は人間界《にんげんかい》で人間《にんげん》として生活《せいかつ》し、親愛《しんあい》のカケラを集《あつ》めなさい。

「って、言《い》われたよ！　明日《あす》から、ルビィもこはくといっしょの中学生《ちゅうがくせい》だー！」

ネコのルビィが、ニコニコ笑《わら》って言《い》った。わたしはパチパチと二回《にかい》まばたきする。

どういうこと？　人間界《にんげんかい》で人間《にんげん》として生活《せいかつ》って、おうちは？　わたしの家《いえ》ですごせるの？　ていうか、いきなり中学校《ちゅうがっこう》に入学《にゅうがく》するの？　一年生《いちねんせい》から転入生《てんにゅうせい》として入《はい》るの？

聞《き》きたいことがたくさんあるよ！

でも、頭《あたま》の中《なか》がこんがらがってしまったわたしは、考《かんが》えることをやめてしまい「そうなんだ……？」とだけ言《い》った。これに、ルビィが目《め》を丸《まる》くする。

「あれ!?　なんだかぜんぜんうれしそうじゃないね、こはく!」

ルビィは、真《ま》っ赤《か》なしっぽをしょぼんとたらした。


そろそろ自己紹介《じこしょうかい》をするね。わたしは佐伯《さえき》こはく。中学二年生《ちゅうがくにねんせい》。

大好《だいす》きな飼《か》いネコのルビィが死《し》んだことで、学校《がっこう》に行《い》けなくなったんだけど、ある日《ひ》、琥珀石《こはくいし》にふれた瞬間《しゅんかん》、ルビィが守護霊《しゅごれい》みならいとして帰《かえ》ってきたの!

立派《りっぱ》な守護霊《しゅごれい》になるため、人間界《にんげんかい》で修行《しゅぎょう》するルビィのサポーターとなったわたしは、みんなのなやみを解決《かいけつ》することに。

そうしたら〝怪盗《かいとう》ムーン事件《じけん》〟にまきこまれちゃって……その正体《しょうたい》は同《おな》じ学年《がくねん》の天月《あまつき》光《らいと》くんで、悪霊《あくりょう》『ムーンライト』にあやつられていたの。

ルビィと、光《らいと》くんの双子《ふたご》の弟《おとうと》、天月海《あまつきまりん》くんといっしょにさわぎを解決《かいけつ》させたのが、つい一週間《いっしゅうかん》ほど前《まえ》の話《はなし》。

第一次守護霊試験《だいいちじしゅごれいしけん》に合格《ごうかく》したルビィは、人間《にんげん》の姿《すがた》になってもどってくるなり「明日《あす》からルビィもこはくといっしょの中学生《ちゅうがくせい》だー!」って言《い》うから、もうびっくり!

守護霊《しゅごれい》みならいのルビィは、みんなの目《め》には見《み》えない。お父《とう》さんとお母《かあ》さんにもヒミツなのに、人間《にんげん》として生活《せいかつ》するって、どうするんだろう……？

その答《こた》えは、次《つぎ》の日《ひ》にわかった。

＊＊＊

「転校初日《てんこうしょにち》だから」と、はりきるルビィはネコの姿《すがた》のまま、先《さき》に学校《がっこう》へ行《い》ってしまった。

六月一日《ろくがつついたち》の朝《あさ》はちょっぴり蒸《む》し暑《あつ》くて、くもり空《ぞら》が広《ひろ》がっている。今日《きょう》から衣替《ころもが》えだから、半《はん》そでシャツで登校《とうこう》だ。

教室《きょうしつ》に入《はい》ると、友《とも》だちの杉石紫春《すぎいししはる》ちゃんと鷹野愛依《たかのあい》ちゃんに「おはよう！」とあいさつされた。わたしは一歩《いっぽ》おくれて「おはよう」と返《かえ》す。

すると、いつもはおっとりとしている紫春《しはる》ちゃんが、なんだか興奮気味《こうふんぎみ》に言《い》った。

「今日《きょう》、転校生《てんこうせい》がくるんだよ！」

え、そうなの？

「どんな子《こ》がくるんだろうねー？」

愛依《あい》ちゃんも、クールな表情《ひょうじょう》をくずして笑《わら》う。

わたしは首《くび》をかしげた。すると紫春《しはる》ちゃんたちは楽《たの》しそうに話《はな》した。

「職員室《しょくいんしつ》に転校生《てんこうせい》の女《おんな》の子《こ》がいるって、男子《だんし》が言《い》ってた。ね、愛依《あい》ちゃん」

「うん！　しかもふたりね。ひとりは三組《さんくみ》で、もうひとりがうちのクラス、一組《いちくみ》だよ」

転校生《てんこうせい》がふたり？　それって、どっちかはルビィってこと!?

そうこうしているうちに、ホームルームを知《し》らせるチャイムが鳴《な》る。

わたしたちは、あわてて席《せき》について先生《せんせい》を待《ま》った。やがて教室《きょうしつ》のドアがひらき、白衣《はくい》を着《き》た女性教師《じょせいきょうし》、三枝先生《さえぐさせんせい》が入《はい》ってくる。

そのうしろから、ピョコピョコとステップをふむように入《はい》ってくるのは……

「あ、こはくー！」

人間姿《にんげんすがた》で制服《せいふく》を着《き》たルビィが、わたしを見《み》つけるなり笑顔《えがお》で手《て》をふった。

全員《ぜんいん》の目《め》がこちらに注《そそ》がれ、わたしはあわてて顔《かお》をうつむける。

「あれ？　佐伯《さえき》さんの友《とも》だちなんだね～。はいっ、というわけで、転校生《てんこうせい》の猫宮《ねこみや》ルビィさ

猫宮ルビィ

んです。みんな、仲《なか》よくするようにー」

三枝先生《さえぐさせんせい》がほがらかな笑顔《えがお》で言《い》うと、横《よこ》でルビィが「よろしくーー！」と元気《げんき》いっぱいにあいさつした。拍手《はくしゅ》がパチパチ鳴《な》る。

「じゃあ、佐伯《さえき》さんのうしろの席《せき》にすわってね」

三枝先生《さえぐさせんせい》の言葉《ことば》に、ルビィが「はーい！」と答《こた》えて軽《かろ》やかにやってきた。

「えへへー」

ルビィはニコニコ笑《わら》って、わたしのうしろにすわる。それから、先生《せんせい》の話《はなし》をおとなしく聞《き》いていた。

いったいどうなってるのーーーーっ!?


ホームルームが終《お》わり、わたしはすぐにふり返《かえ》る。

「ちょっとルビィ、二年生《にねんせい》に転入《てんにゅう》するって聞《き》いてないよ！　ていうか勉強《べんきょう》できるの!?」

すると、ルビィは得意《とくい》げに人《ひと》さし指《ゆび》をふって答《こた》えた。

「そりゃ、守護霊《しゅごれい》みならいのサポーターと同《おな》じクラスに決《き》まってるでしょ。ルビィとこは

く は〝一同心体《いちどうしんたい》〟だよ！」

「それを言《い》うなら〝一心同体《いっしんどうたい》〟……どうやって転入《てんにゅう》できたの？」

こういうのって、むずかしい手続《てつづ》きが必要《ひつよう》なんじゃ……

そう考《かんが》えていると、ルビィは人《ひと》さし指《ゆび》をフリフリして言《い》った。

「それは霊界《れいかい》の力《ちから》で、ちょちょいっとね」

うーん、なにひとつ伝《つた》わらない。

ちなみに霊界《れいかい》っていうのは守護霊《しゅごれい》たちがいる世界《せかい》で、守護霊《しゅごれい》みならいのルビィはそこで勉強《べんきょう》していたんだって。

ルビィは「えっへん！」と胸《むね》を張《は》った。

「もうルビィは人間《にんげん》の気持《きも》ちがわかるからね！　二次試験《にじしけん》も合格《ごうかく》しちゃうよ！」

いままでずっとネコだったルビィが、急《きゅう》に人間《にんげん》として生活《せいかつ》するなんて、だいじょうぶなのかな……

ついこの前《まえ》、人間《にんげん》になりきって学校《がっこう》に潜入捜査《せんにゅうそうさ》していたけれど、そのとき大《おお》さわぎになって『赤《あか》いワンピースの女《おんな》の子《こ》』という怪談《かいだん》ができてしまった。『赤《あか》いワンピースの女《おんな》の子《こ》』っていうのは、ルビィのことだ。

「ねぇ、ルビィ。授業中《じゅぎょうちゅう》は寝《ね》たり、さわいだりしたらダメなんだよ。わかってるの？」

「わかってるよ！　ルビィ、霊界《れいかい》の守護霊学校《しゅごれいがっこう》ではおとなしく授業《じゅぎょう》受《う》けてたもん！」

なるほど……それなら安心《あんしん》かな……

でも、わたしはやっぱり不安《ふあん》なのだった。

第《だい》1話《わ》　学校支援部《がっこうしえんぶ》、設立《せつりつ》します！

1．体育倉庫《たいいくそうこ》のお手伝《てつだ》い

昼休《ひるやす》み、紫春《しはる》ちゃんと愛依《あい》ちゃんがわたしの席《せき》にやってきた。紫春《しはる》ちゃんが、わたしのうしろでウトウトするルビィをじっと見《み》て、考《かんが》えるように聞《き》く。

「猫宮《ねこみや》さんって、こはくちゃんのおさななじみだったりする？」

ギクッ！　さすが学年《がくねん》トップクラスの頭脳《ずのう》を持《も》つ紫春《しはる》ちゃん。するどい指摘《してき》だ。

「そ、そうなの！　おさななじみ！　よくわかったね！」

あわててわたしが言《い》うと、ふたりは「そっかぁ」と合点《がてん》して笑《わら》った。

「本当《ほんとう》に仲《なか》よしなんだねー。授業中《じゅぎょうちゅう》もふたりで話《はな》してたし」

愛依《あい》ちゃんがクスッと笑《わら》う。授業中《じゅぎょうちゅう》、ルビィはずっとわたしの背中《せなか》をつついて「いまどこしゃべってるの？」「こはく、わかんないよー！」と、小声《こごえ》で必死《ひっし》に呼《よ》んでいた。

わたしは何度《なんど》もふり返《かえ》っては教《おし》えて、先生《せんせい》に「佐伯《さえき》さん、前《まえ》を向《む》きなさい」と怒《おこ》られるハメに……。わたしの不安《ふあん》はやっぱり的中《てきちゅう》した。

「猫宮《ねこみや》さんって、レイカイ中学校《ちゅうがっこう》ってとこからきたんだよね？　どこにあるの？　スマホで調《しら》べたけど、ぜんぜん見《み》つからないんだよね」

紫春《しはる》ちゃんが言《い》うと、近《ちか》くにいた女《おんな》の子《こ》たちも集《あつ》まってきた。でも、ルビィはウトウトとつくえに突《つ》っ伏《ぷ》してしまう。代《か》わりにわたしが答《こた》えた。

「えーっと、ここからとても遠《とお》いとこにあるんだって。くわしくはわからないけど」

「へぇ～。っていうか、猫宮《ねこみや》さんって、この前《まえ》さわぎになった『赤《あか》いワンピースの女《おんな》の子《こ》』だよね？」

女《おんな》の子《こ》のひとりが言《い》うと、みんなが「あっ！」と思《おも》い出《だ》す。

「『赤《あか》いワンピースの女《おんな》の子《こ》』って、あの不審者騒動《ふしんしゃそうどう》の？」

「そうそう！　四組《よんくみ》の七瀬《ななせ》さんは話《はな》しかけられたみたい」

すると、紫春《しはる》ちゃんが手《て》をポンと打《う》った。

「なるほど！　猫宮《ねこみや》さんを見《み》て、どこかで会《あ》った気《き》がするなぁって思《おも》ったんだよね。あのとき、わたしに話《はな》しかけてくれたのって、猫宮《ねこみや》さんだったんだ！」

まずい……ルビィの正体《しょうたい》が早《はや》くもバレかけてる。ていうか、バレてる！

「うん、そうだよ。紫春《しはる》ちゃんにごあいさつしたのー……ムニャ」

ルビィが寝言《ねごと》のように言《い》った。もう！　ごはんを食《た》べたら、眠《ねむ》くなっちゃうのはネコのまんまなんだから！

「ってことは、猫宮《ねこみや》さんはこはくちゃんから聞《き》いてたってこと？　それで、わたしのことを知《し》ってたの？」

紫春《しはる》ちゃんがするどく聞《き》く。ルビィはおやすみモードなので、またもや、わたしが代《か》わりにうなずいた。

「そ、そう！　友《とも》だちができたんだよって、ルビィに話《はな》したから、紫春《しはる》ちゃんのことを知《し》ってたんだよね！　ね、ルビィ！」

ルビィは「ムニャ」と返事《へんじ》する。紫春《しはる》ちゃんは「そっかぁ」と、なんだかうれしそうに笑《わら》った。ふぅ、なんとかごまかせたかな……。

ホッと、ひと息《いき》ついてると、教室《きょうしつ》の窓《まど》から大柄《おおがら》な男性《だんせい》教師《きょうし》、体育担当《たいいくたんとう》の橋田先生《はしだせんせい》がぬっと顔《かお》をのぞかせてきた。わたしを見《み》つけて、手《て》をふってくる。なんだろう？

「おーい、佐伯《さえき》ー！　ちょっと手伝《てつだ》ってほしいんだけど！」

「え？　はーい！　あ、ルビィ、起《お》きて！」

わたしはルビィの腕《うで》をグイグイ引《ひ》っぱって、つれて行《い》った。でも、ルビィは寝《ね》ぼけ顔《がお》のまま。これに橋田先生《はしだせんせい》が困《こま》ったように頭《あたま》をかく。

「佐伯《さえき》、寝《ね》ぼけた猫宮《ねこみや》は置《お》いてきなさい」

「や、でも……ほら、ルビィ起《お》きて！　親愛《しんあい》のカケラを集《あつ》めるチャンスだよ！」

最後《さいご》のほうはルビィの耳元《みみもと》で小《ちい》さく言《い》った。ルビィの丸《まる》い耳《みみ》がピクンと動《うご》く。

「まっかせて、先生《せんせい》！　お手伝《てつだ》いってなに!?」

たちまち元気《げんき》になるルビィ。橋田先生《はしだせんせい》はびっくりして、すこしあとずさった。

「え？　あぁ……ゴホン。体育倉庫《たいいくそうこ》を整理《せいり》したいんだ。たのめるか？」

「ぜひ！」

わたしとルビィは、声《こえ》をそろえて返事《へんじ》をした。

『親愛《しんあい》のカケラ』は、みんなのお願《ねが》いを叶《かな》えたり、なやみを解消《かいしょう》したりして集《あつ》めることができる。

第一次守護霊試験《だいいちじしゅごれいしけん》では『親愛《しんあい》のカケラ』を期間内《きかんない》にたくさん集《あつ》めなくちゃいけなかったんだけど〝怪盗《かいとう》ムーン事件《じけん》〟のとき、禁止《きんし》されていた『憑依《ひょうい》』をするため、集《あつ》めたカケラをいっぱい使《つか》っちゃったんだよね……。

けっきょく『親愛《しんあい》のカケラ』もなくなっちゃって、不合格《ふごうかく》かも！　って思《おも》ってたら、悪《あく》霊《りょう》を追《お》いはらったというルビィの働《はたら》きがみとめられて合格《ごうかく》できたの。

そういえば、今回《こんかい》の試験内容《しけんないよう》も『親愛《しんあい》のカケラ』を集《あつ》めることだけど、ルビィもほかの守護霊《しゅごれい》みならいと同《おな》じように試験《しけん》を受《う》けていいみたい。とくべつ枠《わく》の合格《ごうかく》だから、なにか制限《せいげん》があったりするのかなぁ……なんて、考《かんが》えすぎ？

とにかく、今回《こんかい》は『親愛《しんあい》のカケラ』を使《つか》って無茶《むちゃ》しないようにしなきゃ。

わたしとルビィは、橋田先生《はしだせんせい》といっしょに校庭前《こうていまえ》にある体育倉庫《たいいくそうこ》へ行《い》った。中《なか》にはハードルや高跳《たかと》び用《よう》のポール、サッカーボール、野球道具《やきゅうどうぐ》などがごちゃごちゃと置《お》いてある。

「もうすぐ球技大会《きゅうぎたいかい》があるだろ。三年生《さんねんせい》は最後《さいご》の大会《たいかい》だし、できるだけみんなが早《はや》く使《つか》えるように整理《せいり》したいんだ」

先生《せんせい》は重《おも》たいハードルを脇《わき》にどけ、ボールかごを出《だ》した。ぶわっと砂《すな》ぼこりが立《た》つ。

「でも放課後《ほうかご》は職員会議《しょくいんかいぎ》があるし、部活生《ぶかつせい》も使《つか》うから、なかなか時間《じかん》がとれない。昼休《ひるやす》みのうちにやろうと思《おも》ったんだ。佐伯《さえき》たちにはボールの整理《せいり》をたのみたい」

「わぁぁ！　ボールだぁ！」

ルビィが目《め》をかがやかせる。なんだかイヤな予感《よかん》がしたわたしは、はしゃぐルビィの背《せ》筋《すじ》を人《ひと》さし指《ゆび》でなでた。

「みゃっ！　こはく、なにするの！」

どうやらゾクゾクしたみたいで、ルビィは髪《かみ》の毛《け》を逆立《さかだ》たせてふり返《かえ》る。

ルビィを落《お》ち着《つ》かせてるとき、こうしたらいいの。人間《にんげん》になっても同《おな》じだね。

「ルビィ、遊《あそ》んじゃダメだよ。お手伝《てつだ》いしなきゃ」

「ハッ……ついネコの本能《ほんのう》が……いまのルビィは人間《にんげん》、いまのルビィは人間《にんげん》……！」

ボール遊《あそ》びをしないように、自分《じぶん》に暗示《あんじ》をかけるルビィ。やっぱり不安《ふあん》だな……

先生《せんせい》に言《い》われたとおり、空気《くうき》が抜《ぬ》けたり穴《あな》があいたりしたボールと、使《つか》えるボールを選《よ》り分《わ》けた。単純作業《たんじゅんさぎょう》で安心《あんしん》する。

とちゅう、体育倉庫《たいいくそうこ》で整理《せいり》している橋田先生《はしだせんせい》が「ハードルが足《た》りないなぁ」とこぼしていた。

そんな作業《さぎょう》をしていると、うしろから男《おとこ》の子《こ》の声《こえ》がしてくる。

「こはくちゃん、なにしてるの？」

ふりかえると光《らいと》くんと海《まりん》くん、ふたりの守護霊《しゅごれい》みならいであるインコのターコイズがいた。ふしぎそうにわたしたちを見《み》ている。

「あ、ターちゃん！　こんにちは！」

ルビィもふり返《かえ》って元気《げんき》よく言《い》う。すると、双子《ふたご》がびっくりして目《め》を丸《まる》くした。

「えっ、ルビィ!?　なにやってんだよ！　ていうか、その姿《すがた》でターを呼《よ》ぶな！」

すぐさま海《まりん》くんがいきおいよく言《い》い、あわてて周囲《しゅうい》を見回《みまわ》す。ターちゃんを見《み》ることができるのは、双子《ふたご》とわたし、ルビィだけだからね。

「一組《いちくみ》の転校生《てんこうせい》って、ルビィちゃんだったの？」

怒《おこ》る海《まりん》くんの横《よこ》で、光《らいと》くんがやさしく聞《き》く。ルビィは頭《あたま》をかきながら笑《わら》った。

「うん、そうだよ！　あはは、ごめんねぇ。ルビィ、ちっとも慣《な》れなくて」

「まだ初日《しょにち》だからね……」

わたしも苦笑《くしょう》しながら言《い》った。双子《ふたご》がわたしの苦労《くろう》を察《さっ》したように、ため息《いき》をつく。

すると、こちらの様子《ようす》に気《き》づいた橋田《はしだ》先生《せんせい》が体育倉庫《たいいくそうこ》から出《で》てきた。

「お？　なんだなんだ、天月兄弟《あまつききょうだい》もきたのか。よし、光《らいと》と海《まりん》も手伝《てつだ》ってくれ！」

「えー!?」

すかさず海《まりん》くんは、イヤそうな顔《かお》をした。光《らいと》くんはさわやかな笑顔《えがお》で「いいですよ」と言《い》う。すると、ルビィが「あ！」と大声《おおごえ》をあげた。

「でもこれだと親愛《しんあい》のカケラが分散《ぶんさん》しちゃう！」

しまったとばかりに口《くち》に手《て》を当《あ》てるルビィ。わたしもちょうど同《おな》じことを考《かんが》えてた。

そんなわたしたちの事情《じじょう》を知《し》らない先生《せんせい》は首《くび》をかしげる。

「なにをわけのわからないことを言《い》ってるんだ。手分《てわ》けしたほうが早《はや》いだろ」

それはそうだけど……。先生《せんせい》の後《うし》ろで、光《らいと》くんと海《まりん》くんが同時《どうじ》にニヤリと笑《わら》ったのを、わたしとルビィは見逃《みのが》さない。

「ほら、悪《わる》い笑顔《えがお》！　あーもう、ダメだったら！　カケラはルビィのー！」

「あはは。なんのことかな、ルビィちゃん？」

「悪《わる》い笑顔《えがお》って、ひどい言《い》い方《かた》するなぁ。オレたちは先生《せんせい》の力《ちから》になりたいだけなのに」

「光《らいと》くんはともかく、海《まりん》くんはそんなこと思《おも》ってないでしょ」

わたしが目《め》を細《ほそ》めて言《い》うと、海《まりん》くんは顔《かお》をしかめた。図星《ずぼし》だ。

そんなわたしたちの頭上《ずじょう》で、ターちゃんが飛《と》び回《まわ》りながらクスクス笑《わら》っている。

「みんなでお手伝《てつだ》い楽《たの》しいなぁ！」

ターちゃんのほのぼのとした声《こえ》に、ルビィと双子《ふたご》は気《き》づかない。わたしはつい、おもしろくなって笑《わら》った。

「ちょっとぉ、こはく！　なに笑《わら》ってんの！　双子《ふたご》がお手伝《てつだ》いするのを阻止《そし》して！」

ルビィが怒《おこ》るので、わたしは口《くち》をふさいで目《め》をそらした。不安《ふあん》もあるけど、仲間《なかま》がいるから安心《あんしん》できる。親愛《しんあい》のカケラが集《あつ》めにくくなるのは、ちょっと困《こま》るけどね。

それからは、けっきょく四人《よにん》で、サッカーボールの仕分《しわ》けをした。

「ありがとな、みんな！　おかげで、やりたかったことができたよ。なにかお礼《れい》をしたほうがいいな……」

橋田先生《はしだせんせい》が考《かんが》えるように言《い》う。わたしたちはそろって首《くび》を横《よこ》にふった。

「いえ、十分《じゅうぶん》ですよ」

光《らいと》くんの言葉《ことば》に、橋田先生《はしだせんせい》がまばたきする。

そのとき、橋田先生《はしだせんせい》の胸《むね》から白《しろ》い小《ちい》さなヒカリのつぶが飛《と》び出《だ》してきた。

これが親愛《しんあい》のカケラ。ターちゃんが翼《つばさ》をはためかせると、親愛《しんあい》のカケラがふたつに分離《ぶんり》して、ピュンっと空《そら》の中《なか》へ吸《す》いこまれた。

「あーあ、やっぱりふたつに分《わ》かれちゃった……」

ルビィがしょんぼりと肩《かた》を落《お》とす。ターちゃんは「やったぁ！」とうれしそう。

なにがなんだかわからない橋田先生《はしだせんせい》は、しきりに首《くび》をひねっていた。親愛《しんあい》のカケラも、わたしたちにしか見《み》えないいんだよね。

「あ、そうだ。佐伯《さえき》と天月兄弟《あまつききょうだい》、それと猫宮《ねこみや》。おまえたちで部活《ぶかつ》を作《つく》ったらどうだ？」

「え？　部活《ぶかつ》？」

すぐにルビィが聞《き》き、わたしたちは顔《かお》を見合《みあ》わせた。橋田先生《はしだせんせい》が腰《こし》に手《て》を当《あ》てて大《おお》きくうなずく。

「そう。『学校支援部《がっこうしえんぶ》』とかどうだ？　せっかく仲間《なかま》が増《ふ》えたんだし、いっそ部活《ぶかつ》にしたらいい。それに部活《ぶかつ》は三人《さんにん》メンバーがいれば設立《せつりつ》の申請《しんせい》ができるぞ」

そう言《い》われてもピンとこないわたしたちは、困《こま》ったように顔《かお》を見合《みあ》わせる。

「部活《ぶかつ》になれば先生《せんせい》たちも支援《しえん》がしやすくなるんだよ。佐伯《さえき》の働《はたら》きは先生《せんせい》たちみんな助《たす》かってるんだ。お礼《れい》したいって校長先生《こうちょうせんせい》だって言《い》ってるんだぞ」

「え、そうなんですか……？」

わたしはおどろきで目《め》を丸《まる》くした。それから、だんだんうれしくなってくる。

「でも、部活《ぶかつ》かぁ……」

海《まりん》くんが顔《かお》をしかめて言《い》う。光《らいと》くんもなにか考《かんが》えてる様子《ようす》。ふたりとも思《おも》っていることがちがいそうだ。

ちなみにルビィは、わたしがみとめられて「えへへー」と笑《わら》っている。

「僕《ぼく》、生徒会活動《せいとかいかつどう》もしてるんですけど、部活《ぶかつ》に入《はい》ってもいいんでしょうか？」

光《らいと》くんがおずおず言《い》うと、橋田先生《はしだせんせい》は力強《ちからづよ》くうなずいた。

「あぁ、生徒会《せいとかい》と部活《ぶかつ》どちらも活動《かつどう》してかまわない。それに光《らいと》なら両立《りょうりつ》できるさ」

すると、光《らいと》くんの顔《かお》がパッと明《あか》るくなる。

「そうですか……それなら、部活《ぶかつ》してみようかな」

照《て》れくさそうに笑《わら》う光《らいと》くんは、なんだかうれしそう。するとすかさず海《まりん》くんが、けだるそうに言《い》った。

「三人《さんにん》から部《ぶ》の申請《しんせい》ができるなら、光《らいと》はムリしなくていいんじゃね？」

「え？　なんで僕《ぼく》をのけものにするんだよ」

「だって、またムリして寝《ね》こまれたらオレが困《こま》るし」

腕《うで》を組《く》んで、いじわるそうに言《い》う海《まりん》くん。光《らいと》くんはかすかに顔《かお》を赤《あか》くして言《い》い返《かえ》した。

「だ、大丈夫《だいじょうぶ》だよ！　もうムリはしないから！」

「どうだか。おまえは、思《おも》ってることを言《い》わずにかかえこむから信用《しんよう》できねー」

「はぁ!?　そういう海《まりん》は、ズケズケと物《もの》を言《い》いすぎなんだよ！　平気《へいき》でウソつくし！」

またケンカが始《はじ》まった。もうこうなったら止《と》まらないから、ほっとくしかない。

先生《せんせい》たちにわたしたちの活動《かつどう》がみとめられたのは、すなおにうれしい。

わたしは気《き》になったことを聞《き》いてみた。

「えーっと、部活《ぶかつ》として申請《しんせい》したら、部室《ぶしつ》ってもらえるんでしょうか？」

すると、橋田先生《はしだせんせい》は「もちろんだ」と笑《わら》う。

「ねぇ、こはく。部室《ぶしつ》があったら、なにかいいことがあるの？」

ルビィがコソコソ聞《き》くので、わたしもすばやくコソコソ言《い》った。

「部室《ぶしつ》があると作戦会議《さくせんかいぎ》がしやすくなるよ。依頼人《いらいにん》を呼《よ》んで、お話《はなし》も聞《き》けるし」

「なるほど！　あ、じゃあほかのクラスや別《べつ》の学年《がくねん》にも知《し》ってもらえるかな？」

「そうだと思《おも》う」

「ほわぁ〜っ！　それ、すっごくステキ！」

わたしとルビィは笑顔《えがお》で橋田先生《はしだせんせい》に言《い》った。

「部活《ぶかつ》、作《つく》ります！」

2. 学校支援部《がっこうしえんぶ》、始動《しどう》！

「新《あたら》しい部活《ぶかつ》の申請《しんせい》？　それなら生徒会室《せいとかいしつ》で申請用紙《しんせいようし》をもらって、先生《せんせい》のサインをもらって生徒会《せいとかい》に提出《ていしゅつ》してね」

帰《かえ》りのホームルームが終《お》わったあと、三枝先生《さえぐさせんせい》に聞《き》いてみたらそう言《い》われた。

「はぁー、佐伯《さえき》さんが部活《ぶかつ》を立《た》ちあげるなんてね……なんだか感慨深《かんがいぶか》いわ……」

白衣《はくい》のそでで目元《めもと》をふきながら言《い》う三枝先生《さえぐさせんせい》。なんだか大《おお》げさだなぁ。わたしは引《ひ》きつった笑顔《えがお》を見《み》せた。

となりでは、ルビィがワクワクした顔《かお》で待《ま》っている。

「じゃあ、さっそく生徒会室《せいとかいしつ》へ行《い》こう！」

「あ、申請用紙《しんせいようし》はもう光《らいと》くんからもらったの。だから、ここに部員《ぶいん》の名前《なまえ》を書《か》いて」

わたしはスクールバッグから、申請用紙《しんせいようし》を出《だ》した。わたし、光《らいと》くん、海《まりん》くんの名前《なまえ》がすでに書《か》きこまれている。

「あとはルビィの名前《なまえ》を書《か》いて、三枝先生《さえぐさせんせい》にサインをもらうだけ。名前《なまえ》、書《か》ける？」

「書《か》けるよ！」

ルビィは元気《げんき》よく言《い》うと、わたしからボールペンを借《か》りて用紙《ようし》の枠《わく》に名前《なまえ》を書《か》きはじめた。『猫宮《ねこみや》ルビィ』と大《おお》きくゆっくり、ていねいに書《か》いていく。

「すごい！　ルビィ、字《じ》が書《か》けるようになってえらいよ！」

わたしはうれしくなって、つい歓声《かんせい》をあげた。

ルビィが「えへへー」と照《て》れたように笑《わら》う。ただ三枝先生《さえぐさせんせい》だけが鼻《はな》をすすりながら「なにを言《い》ってるのかね、この子《こ》は」とふしぎそうに言《い》って、用紙《ようし》にサインしていた。

「それじゃあ、これを生徒会《せいとかい》に持《も》って行《い》ってね。生徒会長《せいとかいちょう》の赤井《あかい》くんから承認《しょうにん》をもらって、学校《がっこう》にもみとめられたら正式《せいしき》な部《ぶ》になるよ」

それから三枝先生《さえぐさせんせい》は「がんばってね」と言《い》うと、わたしの肩《かた》をポンと軽《かる》くたたいた。

＊＊＊

「ああ、光《らいと》から聞《き》いてるよ！　君《きみ》がウワサのボランティア女子《じょし》か！　がんばってな！」

ルビィといっしょに生徒会室《せいとかいしつ》へ行《い》くと、がっしりとした体格《たいかく》の三年生男子《さんねんせいだんし》、生徒会長《せいとかいちょう》の赤井仙将《あかいせんしょう》先輩《せんぱい》が大声《おおごえ》でむかえてくれた。とてもテンションが高《たか》いので、わたしはすこし怖気《おじけ》づく。でも、この感《かん》じだとスムーズに部《ぶ》の設立《せつりつ》がみとめられそう。

わたしはペコリとおじぎした。

「ありがとうございました！」

生徒会室《せいとかいしつ》を出《で》てドアをしめると、緊張《きんちょう》がとけたのか急《きゅう》に腰《こし》がぬけた。その場《ば》にすわりこむと、ルビィがびっくりしてしゃがむ。

「こはく！　だいじょうぶ!?」

「ごめん、ルビィ。わたし、実《じつ》はすごく緊張《きんちょう》してて……でも、これで思《おも》いきり部活《ぶかつ》として親愛《しんあい》のカケラが集《あつ》められるよ」

「うぅ、こはくぅぅー！　ルビィのために、ありがとぉぉ！」

だきつくルビィが大《おお》げさに泣《な》く。頭《あたま》をなでると「みゃん」とうれしそうに言《い》った。人間《にんげん》になっても中身《なかみ》はネコのままなんだから。そう思《おも》いながら、わたしはしばらく、ルビィの頭《あたま》をよしよしとなでていた。

部《ぶ》の設立《せつりつ》はきっと明日《あす》になるだろうから、今日《きょう》はもう家《いえ》に帰《かえ》ろう。

学校《がっこう》を出《で》てから住宅街《じゅうたくがい》に入《はい》るまで、ルビィはわたしと横並《よこなら》びで歩《ある》いていた。

「よし、もういいかな……」

そう言《い》って、ルビィはあたりを見回《みまわ》すと、急《きゅう》にその場《ば》でくるんと一回転《いっかいてん》する。次《つぎ》の瞬間《しゅんかん》には、もとのネコにもどっていた。

わぁっ！　びっくりした！

おどろくわたしをよそに、ルビィは空中《くうちゅう》にただよって優雅《ゆうが》に毛《け》づくろいする。

「はぁ、つかれたぁー」

空中《くうちゅう》でくつろぐルビィは、きっとみんなには見《み》えない守護霊《しゅごれい》の姿《すがた》だ。わたしはルビィをまじまじ見《み》ながら聞《き》いた。

「えっと……もう『なりきりキャンディ』を使《つか》わなくても変身《へんしん》できるんだ？」

「そうだよ！　一次試験《いちじしけん》を突破《とっぱ》したからね！」

「そっかぁ」

なりきりキャンディは、オレンジ色《いろ》のキャンディ。霊界《れいかい》アイテムのひとつで、なめるとどんなものにも変身《へんしん》できちゃうキャンディなの。それが必要《ひつよう》ないってことは、自由《じゆう》に人間《にんげん》になれたり守護霊《しゅごれい》にもどったりするんだろう。

そこで、ふと考《かんが》える。

「ねぇ、ルビィ。もしかして二次試験《にじしけん》は、ほかの守護霊《しゅごれい》みならいも人間《にんげん》として生活《せいかつ》して、親愛《しんあい》のカケラを集《あつ》めるのかな？」

気《き》になって聞《き》いてみると、ルビィは「うん！」と元気《げんき》よく返事《へんじ》した。

「ということは、わたしたちみたいな子《こ》がほかにもいるってことだよね？　光《らいと》くんと海《まりん》くんみたいに近《ちか》くにいたりするの？」

「うーん。ターちゃんみたいに守護霊《しゅごれい》みならいになる時期《じき》がみんないっしょというわけじゃないんだよねぇ」

ふむふむ。

「だから、ルビィよりもすこし早《はや》く二次試験《にじしけん》に通過《つうか》してる子《こ》もいるし、ルビィよりあとに二次試験《にじしけん》へ通過《つうか》する子《こ》もいるんだよ」

「つまり、二次試験《にじしけん》を受《う》ける子《こ》たちは、みんな試験《しけん》のタイミングがバラバラってこと？」

わたしたち人間《にんげん》みたいに同《おな》じ学年《がくねん》でひとつのクラスで、同時《どうじ》に試験《しけん》を受《う》けるということじゃないのかな。すると、ルビィが元気《げんき》よく前足《まえあし》をあげながら言《い》った。

「そういうこと！　だから、ほかの子《こ》たちがどういう動物《どうぶつ》で、どういう人間《にんげん》として二次試《にじし》験《けん》を受《う》けているのかは知《し》らないの！」

わたしは小学校時代《しょうがっこうじだい》を思《おも》い出《だ》した。同《おな》じクラスに中学受験《ちゅうがくじゅけん》する子《こ》がいたんだけど、その子《こ》が通《かよ》っていた塾《じゅく》は個別指導塾《こべつしどうじゅく》だった。同《おな》い年《どし》でもバラバラに入塾《にゅうじゅく》して個室《こしつ》で勉強《べんきょう》するんだって言《い》ってたなぁ、ルビィの二次試験《にじしけん》も同《おな》じようなものなのかも。

だったらライバルがだれなのか、わからないよね。

「こはく？　なんだか浮《う》かない顔《かお》だけど、どうしたの？」

ルビィが顔《かお》をのぞきこんでくる。

「え？　ううん。なんでもないよ」

わたしはあわてて笑《わら》った。

ライバルがだれかわからないし、なにも起《お》きないといいなぁ……。

そうしているうちに家《いえ》にたどりつく。

わたしのおうちはレトロなレンガ造《つく》りで、一階《いちかい》は雑貨《ざっか》のお店《みせ》『琥珀堂《こはくどう》』となっている。

ちゃんと家族用《かぞくよう》の玄関《げんかん》はあるけれど、わたしはいつもお店《みせ》のほうから入《はい》る。

「ただいまー」

声《こえ》をかけると、チェック柄《がら》のエプロンと三角巾《さんかくきん》をつけたお母《かあ》さんが、笑顔《えがお》で出《で》むかえてくれる。

「おかえり、こはく」

「おかえり！」

お母《かあ》さんとおそろいのエプロンをつけたお父《とう》さんも、レジから声《こえ》をかけてくれる。

わたしはお仕事《しごと》のジャマにならないよう、すぐに二階《にかい》の部屋《へや》へ向《む》かった。

「おやつにシフォンケーキがあるからね」

階段下《かいだんか》からお父《とう》さんの声《こえ》が追《お》いかけてくる。

わたしは「ありがとう！」と言《い》って、そのまま部屋《へや》へ。手《て》を洗《あら》って自分《じぶん》の部屋《へや》で着替《きが》えると、ルビィが人間《にんげん》の姿《すがた》に変身《へんしん》した。

「ルビィもケーキ食《た》べたい！　パパとママがいない、いまのうちに！」

そう言《い》ってルビィは、バタバタとダイニングへ走《はし》っていく。

「しょうがないな……人間《にんげん》の姿《すがた》のときだけだからね」

ルビィがダイニングテーブルにすわるので、わたしは冷蔵庫《れいぞうこ》に入《はい》ったケーキを出《だ》した。

ふわふわの紅茶《こうちゃ》シフォンケーキが、ちょうど二切《にき》れある。お皿《さら》に取《と》り分《わ》け、生《なま》クリームも添《そ》えてふたりで食《た》べた。あまくて、ほんのり紅茶《こうちゃ》の香《かお》りがするおとなの味《あじ》わいだ。

ルビィははじめて食《た》べるものに興味《きょうみ》しんしん。そういえば生《い》きてたころのルビィも、わたしが食《た》べるものに興味《きょうみ》を持《も》っていたことを思《おも》い出《だ》す。

こうして、ルビィといっしょに同《おな》じものを食《た》べる日《ひ》がくるなんて……うれしいような、変《へん》な気持《きも》ちのような。でも、妹《いもうと》がいたらこんな感《かん》じだったのかな、なんて。

「ルビィ、口《くち》に生《なま》クリームついてるよ」

口《くち》のまわりを白《しろ》いクリームだらけにするルビィ。満面《まんめん》の笑《え》みで「おいしいねー」と言《い》うので、わたしはおもしろくなって笑《わら》った。いつまでもこの生活《せいかつ》が続《つづ》いたらいいな。

＊＊＊

翌日《よくじつ》、学校《がっこう》へ行《い》くと光《らいと》くんが一組《いちくみ》にやってきた。

「こはくちゃん！　申請《しんせい》、通《とお》ったよ！」

キラキラな笑顔《えがお》で言《い》うので、教室《きょうしつ》がざわっとした。ただひとり、ルビィだけは動《どう》じず「おおー！」と喜《よろこ》んでいる。わたしは周囲《しゅうい》を見《み》わたした。

「佐伯《さえき》さんと天月《あまつき》くん、仲《なか》いいの？」「どうして？」「こはくちゃんって呼《よ》ばれてたよ」と
そんな声《こえ》があちこちから聞《き》こえてくる。

わたしはすぐにろうかへ出《で》て、光《らいと》くんとルビィをひとけのない多目的室《たもくてきしつ》へつれて行《い》った。

「申請《しんせい》ありがとう、光《らいと》くん……」

「あれ？　うれしくない？　なんか、怒《おこ》ってる？」

光《らいと》くんが不安《ふあん》そうに聞《き》く。わたしは首《くび》を横《よこ》にふった。

「いや……あの、えっと……なんて言《い》うか……」

光《らいと》くんは学校中《がっこうじゅう》のあこがれの的《まと》。それもこれもムーンライトに憑依《ひょうい》されていたせいで、社交的《しゃこうてき》な性格《せいかく》になっていただけだけど！

くらべてわたしは平凡女子《へいぼんじょし》。イケメンな光《らいと》くんにつり合《あ》わないことくらいわかってる。

だから、みんなの目《め》が気《き》になるんだよね……どう言《い》ったらいいのかわからないよ。

「と、とにかくありがとう！　これで放課後《ほうかご》から部活《ぶかつ》スタートだね」

「うん……そうだね。あ、部室《ぶしつ》に案内《あんない》するよ」

光《らいと》くんはさみしそうに笑《わら》って言《い》う。気《き》まずい。わたしたちは自然《しぜん》と顔《かお》をうつむけた。

どうしよう。光《らいと》くんには悪《わる》いけど、部室案内《ぶしつあんない》も放課後《ほうかご》に……そんなことを考《かんが》えていると、
ルビィがこの気《き》まずい空気《くうき》をこわすように大《おお》きく手《て》をあげて言《い》った。

「行《い》こう、行《い》こう！　部室見《ぶしつみ》たーい！」

わたしと光《らいと》くんは顔《かお》をあげた。でもすぐに、ホームルームを知《し》らせるチャイムが鳴《な》る。

「じゃあ、昼休《ひるやす》みにしようか。海《まりん》もさそわないと、怒《おこ》ってすねちゃうし」

光《らいと》くんがいたずらっぽく笑《わら》う。わたしは「そうだね」と笑《わら》い返《かえ》した。


そんな朝《あさ》もあっという間《ま》にすぎて昼休《ひるやす》み、わたしはルビィをつれて部室棟《ぶしつとう》へ向《む》かった。

『学校支援部《がっこうしえんぶ》』という看板《かんばん》がついた部室《ぶしつ》をあけると、海《まりん》くんが腕《うで》を組《く》んでイスにすわって

いた。

「おそい！」

すぐに怒《おこ》られる。双子《ふたご》はとっくにそろっていた。光《らいと》くんが窓《まど》にとまり木《ぎ》をかけていて、そこでターちゃんが羽《はね》を休《やす》めている。なにも言《い》えずにいると、光《らいと》くんがため息《いき》をついてふり返《かえ》った。

「海《まりん》、そう言《い》うなよ。ふたりとも、この部室《ぶしつ》どうかな？」

そこは正方形《せいほうけい》の部屋《へや》で、つくえが四《よっ》つそれぞれ向《む》かい合《あ》うように置《お》いても十分《じゅうぶん》な広《ひろ》さだった。つくえはいま、ふたつしかないけれど。

「イスをもうすこし持《も》ってこよう。そうしたら、依頼人《いらいにん》もすわれるよね」

光《らいと》くんが言《い》う。たしかに、いまはつくえとイスが二《に》セットしかない。部員《ぶいん》は四人《よにん》だし、依頼人《いらいにん》のぶんもイスが必要《ひつよう》だ。

「じゃあ海《まりん》、用具室《ようぐしつ》に行《い》こう。あ、こはくちゃんたちはくつろいでてね。ここに自分《じぶん》の持《も》ち物《もの》とか、置《お》いててもいいよ。好《す》きなようにアレンジしよう」

光《らいと》くんは、そうやさしく言《い》うと「イヤだー！」とジタバタする海《まりん》くんを引《ひ》きずって、部《ぶ》室《しっ》を出《で》ていった。

「……こはくぅ、光《らいと》くんとケンカしたの？」

ルビィがあやしむように言《い》う。

「え、ケンカ!?　そんなわけないでしょ！　ただ……」

ふだんはのんきなルビィなのに、こういうときだけするどいんだから。

わたしはゴニョゴニョと言《い》いわけをつぶやきながらイスにすわった。とまり木《ぎ》にいるタ一ちゃんは眠《ねむ》ってる。これを見《み》て、ルビィがハッとなにかを思《おも》いついた。

「そうだ！　ルビィ、ここならお昼寝《ひるね》し放題《ほうだい》だ！」

そうしてさっそくネコの姿《すがた》にもどり、つくえの上《うえ》に丸《まる》まってしまう。わたしはあわてて注意《ちゅうい》した。

「ちょっと、ルビィ！　親愛《しんあい》のカケラ集《あつ》めしないと！」

それでもルビィは目《め》をつむってしまう。まったくもう、マイペースなんだから！

わたしはため息《いき》をついて、つくえにふせた。

あーあ、光《らいと》くん、朝《あさ》のこと気《き》にしてるかな……わたし、イヤな態度《たいど》とっちゃったかも。

でも、みんなの前《まえ》で仲《なか》よくしてたらどう思《おも》われるか……想像《そうぞう》するだけでこわい。

わたしの頭《あたま》の中《なか》で女子《じょし》からのやっかみや、男子《だんし》からの冷《ひ》やかしがかけめぐる。

イヤだな……せっかく学校《がっこう》へ行《い》けるようになったのに、また行《い》けなくなっちゃうよ。

すると、ドアがバンっと勢《いきお》いよくあいた。ひぃ！　さっそくやっかみが！

びっくりして体《からだ》を起《お》こし、顔《かお》をとっさに守《まも》る。そんなわたしの耳《みみ》にとどいたのは、とてもなじみのある女《おんな》の子《こ》の声《こえ》だった。

「こはく！　依頼《いらい》だよ！」

「その声《こえ》は珠莉《じゅり》？　なんだ、びっくりした……」

「ん？　なにがくると思《おも》ったの？　って言《い》ってる場合《ばあい》じゃない！　事件《じけん》だよ！」

小学校《しょうがっこう》のころから仲《なか》がいい七瀬珠莉《ななせじゅり》が部室《ぶしつ》に飛《と》びこみ、つくえをバンっとたたいた。

「みゃっ！」とルビィが飛《と》び起《お》きるけど、いまのルビィはネコの姿《すがた》だから珠莉《じゅり》には見《み》えていない。

すると、またもやお客《きゃく》さんがやってきた。珠莉《じゅり》と同《おな》じクラスの男子《だんし》、栗須晶《くりすあきら》くんだ。

「やっと追《お》いついた……七瀬《ななせ》、急《きゅう》に走《はし》るなよ！」

「バスケ部《ぶ》ふたりがそろってどうしたの？」

珠莉《じゅり》と栗須《くりす》くんの顔《かお》を交互《こうご》に見《み》ながら聞《き》く。珠莉《じゅり》は真剣《しんけん》な目《め》をして、口《くち》をひらいた。

「単刀直入《たんとうちょくにゅう》に言《い》うね。出《で》たんだよ、おばけが！」

すごく真面目《まじめ》な顔《かお》の珠莉《じゅり》の口《くち》から、奇妙《きみょう》な言葉《ことば》が飛《と》び出《だ》す。

「バスケ部《ぶ》のユニフォームが全部《ぜんぶ》なくなったの！　女子《じょし》も男子《だんし》もどっちも！」

「それは、おばけと関係《かんけい》あるの……？」

「あるよ！　だって手洗《てあら》いしたユニフォームを昼休《ひるやす》みに干《ほ》そうとしたら、急《きゅう》に宙《ちゅう》に浮《う》いて消《き》えちゃったんだもん！」

「ええっ!?」

わたしとルビィは同時《どうじ》におどろいた。それは、おばけのしわざと思《おも》ってもしかたない。

「こはく……これはもしかしたら悪霊《あくりょう》の……」

ルビィがコソコソと耳元《みみもと》で言《い》う。うん、わたしも同《おな》じことを考《かんが》えてたよ。

「それだけじゃないんだ」

栗須《くりす》くんが珠莉《じゅり》のうしろから身《み》を乗《の》り出《だ》して言《い》う。

「サッカー部《ぶ》や野球部《やきゅうぶ》のやつにも聞《き》いたんだけど、かたづけたはずの練習道具《れんしゅうどうぐ》が朝《あさ》になったら校庭《こうてい》にばらまかれてるらしいんだ。しかも何度《なんど》も！」

「あ、それに似《に》た話《はなし》、バレー部《ぶ》とテニス部《ぶ》からも聞《き》いた！　道具《どうぐ》が消《き》えて、別《べつ》の場所《ばしょ》で見《み》つかるとか、生《い》きてるみたいに動《うご》いて、どこかに消《き》えちゃうとか！」

珠莉《じゅり》も思《おも》い出《だ》したように言《い》う。わたしとルビィは顔《かお》を見合《みあ》わせた。

とても人間《にんげん》わざじゃない物体消失《ぶったいしょうしつ》……これは、まぎれもなく事件《じけん》だ！

3．消失事件《しょうしつじけん》

物体消失事件《ぶったいしょうしつじけん》の話《はなし》をくわしく聞《き》いたあと、珠莉《じゅり》たちと入《い》れかわるように光《らいと》くんたちが帰《かえ》ってきた。この事件《じけん》はひとりで考《かんが》えるより、みんなで考《かんが》えたい。

「運動部《うんどうぶ》を中心《ちゅうしん》に被害《ひがい》が広《ひろ》がってるのかな……？　ほかの部活《ぶかつ》はどうなんだろうね」

光《らいと》くんが重々《おもおも》しく言《い》う。すると、横《よこ》で海《まりん》くんが手《て》をポンと打《う》った。

「わかったぞ、犯人《はんにん》」

「え？　ほんと!?」

わたしたちは、いっせいに海《まりん》くんへ注目《ちゅうもく》した。海《まりん》くんは「あぁ」とすずしい顔《かお》で答《こた》えると、人《ひと》さし指《ゆび》をビシッと光《らいと》くんへ向《む》けた。

「犯人《はんにん》はおまえだ！　光《らいと》！」

えぇー!?　どういうこと!?　光《らいと》くんも目《め》を丸《まる》くしている。

「また〝怪盗《かいとう》ムーン〟のしわざに違《ちが》いないぜ！」

海《まりん》くんがするどく言《い》うと、ルビィもいっしょになって言《い》った。

「あ、そっか！　怪盗《かいとう》ムーンなら悪霊《あくりょう》をあやつるし、魔法《まほう》で物《もの》を盗《ぬす》むこともできる！」

これに光《らいと》くんはオロオロと手《て》をふって、あわてふためいた。

「ちがうよ！　もうムーンライトはいない！」

「そうだよ。ムーンライトは霊界《れいかい》で封印《ふういん》されたって、ベリル先生《せんせい》が言《い》ってたでしょ」

わたしは光《らいと》くんをかばうように言《い》った。海《まりん》くんとルビィが「そっか」と肩《かた》を落《お》とす。

光《らいと》くんは、ムーンライトの力《ちから》で怪盗《かいとう》ムーンに変身《へんしん》して暗躍《あんやく》していたの。そのムーンライトがいないいま、怪盗《かいとう》ムーンも活動《かつどう》できるわけがない。

眉《まゆ》をひそめる光《らいと》くんは、弁解《べんかい》するように早口《はやくち》で言《い》った。

「だいたい、ムーンライトは怪盗《かいとう》のことをわかってないよ。怪盗《かいとう》は人《ひと》をあやつったり、攻《こう》撃《げき》したりしない。なりふりかまわず盗《ぬす》まないし、ひとつのお宝《たから》だけをねらう。それに自分《じぶん》の美学《びがく》やルールに則《のっと》って盗《ぬす》むのが怪盗《かいとう》ってもので……」

そこまで言《い》って我《われ》に返《かえ》る光《らいと》くん。キョトンとするわたしたちを見《み》て、咳《せき》ばらいすると気《き》を取《と》り直《なお》して言《い》った。

「とにかく、犯人《はんにん》は僕《ぼく》じゃない。だから調査《ちょうさ》をしよう」

「そうだね……でないと、いつかケガ人《にん》が出《で》ちゃうかもしれないし、危険《きけん》だよ」

わたしも合《あ》わせて言《い》うと、光《らいと》くんが深《ふか》くうなずいた。

「放課後《ほうかご》、みんなで手分《てわ》けして調査《ちょうさ》しよう」

わたしが言《い》うと、ルビィが「おーっ！」とこぶしをあげた。たちまち部室《ぶしつ》はシーンと静《しず》かになる。

「ほら、ふたりとも！　おーっ！」

ルビィが光《らいと》くんと海《まりん》くんの手《て》を引《ひ》っぱる。双子《ふたご》は顔《かお》を見合《みあ》わせ、「おー」とはずかしそうに言《い》った。部活始動《ぶかつしどう》だというのにまとまりがない。

だいじょうぶかな、このチーム……

＊＊＊

放課後《ほうかご》、わたしは紫春《しはる》ちゃんに吹奏楽部《すいそうがくぶ》で困《こま》りごとはないか聞《き》いた。

「物《もの》が消《き》えたり、動《うご》いたり？　そういうことはないなぁ」

どうやら吹奏楽部《すいそうがくぶ》では起《お》きていない様子《ようす》。

すると、ろうかからルビィがかけこんできた。

「美術部《びじゅつぶ》と放送部《ほうそうぶ》、あと英会話部《えいかいわぶ》にも聞《き》いたけど、消失事件《しょうしつじけん》は起《お》きてないよ！」

いつの間《ま》にか、いろんな生徒《せいと》に話《はな》しかけていたみたい。ルビィの社交力《しゃこうりょく》に感心《かんしん》する。

「ふたりとも、いまから部活《ぶかつ》？」

紫春《しはる》ちゃんがおだやかに聞《き》く。すかさずルビィが「そうだよ！」と元気《げんき》よく答《こた》えた。

「そっかぁ。なんだか妙《みょう》な事件《じけん》が起《お》きてるみたいだけど、がんばってね」

「ありがとう！　紫春《しはる》ちゃん！」

わたしが言《い》おうとした言葉《ことば》をかすめとるルビィ。紫春《しはる》ちゃんは「バイバイ」と手《て》をふって吹奏楽部《すいそうがくぶ》へ向《む》かった。

わたしは各部活《かくぶかつ》をメモしたノートを広《ひろ》げ、吹奏楽部《すいそうがくぶ》、美術部《びじゅつぶ》、放送部《ほうそうぶ》、英会話部《えいかいわぶ》の上《うえ》から横線《よこせん》を引《ひ》く。光《らいと》くんが言《い》ったとおり、運動部《うんどうぶ》で事件《じけん》が起《お》きてることが確定《かくてい》した。

「こはく、こはく！　光《らいと》くんと海《まりん》くんと合流《ごうりゅう》しよう！　ふたりもなにか見《み》つけたかもよ」

つくえに手《て》をついてピョコピョコ飛《と》びはねるルビィ。わたしはノートをパタンととじて、立《た》ちあがった。そうだね、ふたりのところへ行《い》こう。

教室《きょうしつ》を出《で》てグラウンドを目指《めざ》す。靴《くつ》をはきかえてグラウンドに出《で》ると、海《まりん》くんがターちゃんを頭《あたま》に乗《の》せて、野球部《やきゅうぶ》の二年生《にねんせい》と話《はな》しているのが見《み》えた。

「あらぁ、海《まりん》くんも友《とも》だちができたのかなー？」

ルビィがほほえましそうに言《い》う。たしかに、海《まりん》くんもちょっと前《まえ》までは友《とも》だちがいなかったらしい。ターちゃんのおかげで、海《まりん》くんも周囲《しゅうい》と打《う》ち解《と》けてるみたいだね。

耳《みみ》をすませると、海《まりん》くんは野球部男子《やきゅうぶだんし》にきっぱりと言《い》っていた。

「オッケー、わかった。あとは学校支援部《がっこうしえんぶ》にまかせとけ」

「学校支援部《がっこうしえんぶ》？　天月《あまつき》、奉仕活動《ほうしかつどう》しすぎて、ついにボランティア部《ぶ》を作《つく》ったのか？」

「はぁ？　ちげえよ、オレじゃなくて、部長《ぶちょう》は一組《いちくみ》の佐伯《さえき》こはくだ」

えぇっ？　勝手《かって》にわたしを部長《ぶちょう》にしないでよ！　そんな心《こころ》の声《こえ》は、だれにも聞《き》こえない。

あわあわしていると、野球《やきゅう》部男子《ぶだんし》はからかうように笑《わら》った。

「佐伯《さえき》？　だれだよ、それ。知《し》らねーな」

すると、ルビィが海《まりん》くんのうしろから飛《と》び出《だ》した。あれ!?　いつの間《ま》に！

「こはくを知《し》らないなんて、失礼《しつれい》しちゃう！　学校支援部部長《がっこうしえんぶぶちょう》でルビィの大親友《だいしんゆう》、二年一《にねんいち》組《くみ》の佐伯《さえき》こはくをよく覚《おぼ》えておいてよね！」

「あぁぁっ、もう！　ふたりともやめてー！」

はずかしくなったわたしは、あわててルビィと海《まりん》くんを引《ひ》っぱると校庭《こうてい》から逃《に》げ出《だ》した。

ポカンとする野球《やきゅう》部男子《ぶだんし》のことは、この際《さい》、気《き》にしていられない。

「あんな大声《おおごえ》ではずかしいこと言《い》わないで！　それに部長《ぶちょう》はまだ決《き》まってないでしょ！」

いきおいよく言《い》うと、ふたりは耳《みみ》に指《ゆび》をつっこんだ。

「部長《ぶちょう》はともかく、学校支援部《がっこうしえんぶ》を有名《ゆうめい》にしないと、依頼《いらい》が入《はい》ってこねぇだろ。ターの試験《しけん》、落《お》ちたらどうしてくれるんだよ」

海《まりん》くんがつめよるけど、わたしは負《ま》けずに言《い》った。

「それは海《まりん》くんのがんばりしだいでしょ！」

海《まりん》くんは顔《かお》をしかめてうつむいた。すると、ルビィが口《くち》をひらく。

「でも海《まりん》くんの言《い》うとおり、部《ぶ》を有名《ゆうめい》にしなきゃ。なんならルビィが宣伝《せんでん》してくるよ！」

「う……それは、そうだけど、でも……うーん」

今度《こんど》はわたしが言《い》い返《かえ》せなくなる。

「だいじょうぶ！　ルビィにまかせて！　海《まりん》くんも宣伝《せんでん》よろしく！」

「おう！」

ルビィと海《まりん》くんは固《かた》い握手《あくしゅ》をかわした。なんでこういうときだけ、仲《なか》よくするのよ！

わたしはあきれてしまい、話《はなし》を変《か》えることにした。

「それで、海《まりん》くん。運動部《うんどうぶ》の話《はなし》は聞《き》けたの？」

「あぁ、ウラは取《と》れたぜ」

なんだか刑事《けいじ》さんみたいに言《い》う海《まりん》くんは、ターちゃんをなでながら説明《せつめい》した。

「栗須《くりす》や七瀬《ななせ》の言《い》うとおりバスケ部《ぶ》はユニフォーム、野球部《やきゅうぶ》はバットやグローブ、サッカー部《ぶ》はスパイク、陸上部《りくじょうぶ》はハードル、テニス部《ぶ》はラケット、バレー部《ぶ》はサポーター……」

「ちょっと待《ま》って！　そんなにあるの!?」

わたしはスクールバッグからノートを出《だ》し、あわててメモした。海《まりん》くんが続《つづ》ける。

「卓球部《たっきゅうぶ》はピンポン玉《だま》、水泳部《すいえいぶ》はゴーグル、それらが全部《ぜんぶ》なくなったり移動《いどう》したりしている」

「全部《ぜんぶ》、重要《じゅうよう》な道具《どうぐ》がそれぞれ被害《ひがい》にあってるのね……」

こうしてメモをしてみると、どれも部活《ぶかつ》に必要《ひつよう》な道具《どうぐ》ばかり。そういえば、体育倉庫《たいいくそうこ》の整理《せいり》をしているときに橋田先生《はしだせんせい》が「ハードルが足《た》りない」と言《い》ってたような……。

「やっぱり運動部《うんどうぶ》を中心《ちゅうしん》に考《かん》えたほうがいいかもね。文化部《ぶんかぶ》の子《こ》たちは事件《じけん》のことを知《し》らないみたいだし……あと被害《ひがい》にあってない運動部《うんどうぶ》は……？」

「剣道部《けんどうぶ》だけだな」

わたしの問《と》いに、海《まりん》くんがきっぱりと言《い》う。それは、いますぐ聞《き》きこみをしたほうがいいよね。もしかしたら物体消失《ぶったいしょうしつ》の現場《げんば》を見《み》られるかもしれない。

わたしたちは、わたりろうかを横切《よこぎ》って武道場《ぶどうじょう》へ向《む》かうことにした。

「あれ？　そういえば光《らいと》くんは？」

武道場《ぶどうじょう》へ行《い》くとちゅう、ルビィがキョロキョロしながら海《まりん》くんに聞《き》く。海《まりん》くんは当然《とうぜん》のように言《い》った。

「あぁ、光《らいと》は生徒会《せいとかい》。庶務《しょむ》だからな。仕事《しごと》があるんだと」

「あらら……せっかく支援部始動《しえんぶしどう》ってときに」

海《まりん》くんの言葉《ことば》に、ルビィが残念《ざんねん》そうに肩《かた》を落《お》とす。光《らいと》くん、いそがしそうだな……

なんだか、わたしまで残念《ざんねん》になってくる。そんなわたしたちを見《み》て、海《まりん》くんはあきれて笑《わら》った。

「別《べつ》にあいつがいなくても、事件《じけん》を追《お》うことはできるだろ」

身《み》もふたもないことを言《い》うので、わたしとルビィはため息《いき》をついた。

4. 見知《みし》らぬ訪問者《ほうもんしゃ》

けっきょく武道場《ぶどうじょう》でしばらく張《は》りこんでみたものの、いまのところはそんな怪現象《かいげんしょう》は起《お》きてないということがわかった。剣道部員《けんどうぶいん》たちも事件《じけん》については知《し》らないらしい。主将《しゅしょう》が二年生《にねんせい》の男子《だんし》だったので話《はなし》が聞《き》きやすかった。

でも調査《ちょうさ》はうまくいかず、だまったまま部室棟《ぶしつとう》へ行《い》く。すると、海《まりん》くんが切《き》り出《だ》した。

「まぁ、こんなもんだろ。最初《さいしょ》から解決《かいけつ》できるほどあまくないんだ」

わたしとルビィがしょんぼりとしていたからか、その声《こえ》はちょっぴりはげますよう。

「そうだね……明日《あす》またなにかわかるかなー……あれ？」

いろんな部室《ぶしつ》が並《なら》んだ部室棟《ぶしつとう》のすみっこ、支援部《しえんぶ》のドアの前《まえ》に女《おんな》の子《こ》ふたりが立《た》っている。依頼人《いらいにん》かな？　そう思《おも》ったわたしは、いそいでかけよった。

「すみません！　校内調査《こうないちょうさ》していたので……依頼《いらい》ですか？」

近《ちか》づくと、つややかなボブヘアの女《おんな》の子《こ》が腰《こし》に手《て》を当《あ》てたままこちらを見《み》た。その横《よこ》に立《た》つ、背《せ》の高《たか》い長髪《ちょうはつ》の女《おんな》の子《こ》もゆっくりとこちらを見《み》る。ふたりとも目元《めもと》がキリッとしていて、気《き》が強《つよ》そうな印象《いんしょう》を持《も》つ美人《びじん》だった。

「あなたが部長《ぶちょう》の佐伯《さえき》さん？」

ボブヘアの女《おんな》の子《こ》が、ツンとした口調《くちょう》で聞《き》く。とてもかわいい声《こえ》なのに冷《つめ》たいひびきな

ので、わたしはすぐに立《た》ち止《ど》まり、あわわとうろたえた。

「えっと……部長《ぶちょう》って、まだ決《き》めたわけじゃないんですけど……」

「フン、どうでもいいわ。とにかくこのふざけた部活《ぶかつ》は廃部《はいぶ》よ。撤退《てったい》しなさい」

え？　いま、なんて言《い》った……？

「聞《き》こえなかった？　廃部《はいぶ》よ。生徒会長《せいとかいちょう》や先生《せんせい》たちの承認《しょうにん》なんて、どうせ不正《ふせい》したに決《き》まってる。最近多《さいきんおお》いのよね……目的不明《もくてきふめい》の変《へん》な部活《ぶかつ》を作《つく》る人《ひと》が」

「なっ！　なに言《い》ってるの、あなた！」

固《かた》まるわたしのうしろで、ルビィが大声《おおごえ》を出《だ》す。海《まりん》くんもわたしを押《お》しのけて言《い》った。

「おい、三園《みその》！　急《きゅう》に現《あらわ》れて、なにえらそうなこと言《い》ってんだ！」

「あら、不良《ふりょう》のほうの天月《あまつき》くん。あなたもこの部活《ぶかつ》に入《はい》ってるそうね。おおかた、この部室《ぶしつ》をサボり場《ば》にするつもりね。そうはさせないわ」

「はぁ!?　てめぇ、ナメてんじゃ……」

「ジェット、看板《かんばん》を外《はず》して」

海《まりん》くんの怒声《どせい》に動《どう》じない三園《みその》さんは、横《よこ》にいた女《おんな》の子《こ》に言《い》う。

「ジェット？」

ルビィが首《くび》をかしげて聞《き》くと、三園《みその》さんは「しまった」というように顔《かお》をしかめる。

でも、そんなこと言《い》ってる場合《ばあい》じゃない！

「おい！　それにさわんじゃねぇ！」

すぐに海《まりん》くんが長髪《ちょうはつ》の女《おんな》の子《こ》に言《い》う。でも女《おんな》の子《こ》は聞《き》かず、看板《かんばん》に手《て》をのばした。

わたしたちの部室《ぶしつ》が、部活《ぶかつ》がなくなっちゃう……！

だれもがそう思《おも》ったそのとき、光《らいと》くんのするどい声《こえ》が割《わ》りこんできた。

「ちょっと待《ま》った！」

全員《ぜんいん》の目《め》が部室棟《ぶしつとう》の入《い》り口《ぐち》に注目《ちゅうもく》する。そんな視線《しせん》の中《なか》、光《らいと》くんは早足《はやあし》で近《ちか》づき、守《まも》るように部室《ぶしつ》の前《まえ》に立《た》つと、三園《みその》さんをまっすぐ見《み》つめて言《い》った。

「三園《みその》さん。たしかに君《きみ》は生徒会役員《せいとかいやくいん》だから、部活《ぶかつ》に口《くち》を出《だ》すことはできる。でも、生徒《せいと》会長《かいちょう》と先生《せんせい》から承認《しょうにん》された部活《ぶかつ》を勝手《かって》に廃部《はいぶ》にすることはできない。それは庶務《しょむ》の僕《ぼく》も書《しょ》記《き》の君《きみ》も同《おな》じ。すべての権限《けんげん》は生徒会長《せいとかいちょう》と先生《せんせい》にある」

きびしく言《い》い放《はな》つ光《らいと》くんの気迫《きはく》に、だれも逆《さか》らえない空気《くうき》がただよう。

強気《つよき》だった三園《みその》さんも目《め》を泳《およ》がせている。ただひとり横《よこ》にいる女《おんな》の子《こ》だけが冷静《れいせい》に、三《み》園《その》さんの耳元《みみもと》にささやいた。

「ほたる、ここはいったん退《しりぞ》こう」

三園《みその》さんは「そうね」とうなずき、光《らいと》くんを冷《つめ》たくにらみ、海《まりん》くんを見《み》た。

「今日《きょう》のところはいいわ。よかったわね、海《まりん》くん。優秀《ゆうしゅう》なお兄《にい》さんがいて」

三園《みその》さんはクスッと笑《わら》うと、スカートをひるがえして部室《ぶしつ》からはなれた。その去《さ》り際《ぎわ》、ふたりはわたしとルビィをジッと見《み》つめる。

「今回《こんかい》は見逃《みのが》すけど、活動目的《かつどうもくてき》が定《さだ》まらず、遊《あそ》んでばかりいるようなら即廃部《そくはいぶ》にしますから。ね、部長《ぶちょう》さん？」

そう言《い》い残《のこ》し、ふたりはさっそうと部室棟《ぶしつとう》から消《き》えた。

やがて、ルビィが足《あし》ぶみして怒《おこ》りだす。

「なんなの、あの子《こ》！　とってもイヤな感《かん》じ！」

わたしは放心状態《ほうしんじょうたい》。海《まりん》くんは悔《くや》しそうに顔《かお》をしかめる。

すると、光《らいと》くんがため息《いき》をついて言《い》った。

「彼女《かのじょ》は三園《みその》ほたる。二年三組《にねんさんくみ》で、海《まりん》と同《おな》じクラス。そして生徒会書記《せいとかいしょき》なんだ」

「あいつ、むちゃくちゃムカつくんだよ！　ああやって上《うえ》から目線《めせん》で話《はな》すし！」

光《らいと》くんの説明《せつめい》にかぶせるように海《まりん》くんが怒鳴《どな》り、イライラとした口調《くちょう》で続《つづ》けた。

「それで、あの髪《かみ》が長《なが》い女《おんな》は転校生《てんこうせい》。卯野千颯《うのちはや》って名前《なまえ》。三園《みその》とおさななじみらしいぜ。いつもベタベタくっついて気持《きも》ちわりぃんだ」

怒《おこ》ってるからか、言葉《ことば》に悪口《わるぐち》がふくまれている。

「そっか……三組《さんくみ》の転校生《てんこうせい》って、あの子《こ》なのね」

三園《みその》さんと卯野《うの》さんか……。なんだか手強《てごわ》そうで、キツイふんいきのふたりだった。

「それにしても、光《らいと》くんのおかげで助《たす》かったよ。ありがとう」

わたしが言《い》うと、光《らいと》くんはすこし安心《あんしん》したように笑《わら》った。

「これくらいしかできないけどね」

「ううん、かっこよかったよ。わたし、なにも言《い》い返《かえ》せなかったから……」

「そっか……よかった」

光《らいと》くんが笑《わら》う。そんな光《らいと》くんの頭《あたま》を、海《まりん》くんがトンと小《こ》づいた。

「おい、笑《わら》ってる場合《ばあい》じゃねぇぞ。三園《みその》に目《め》をつけられた以上《いじょう》、面倒《めんどう》なことが起《お》きるはず。光《らいと》、どうにかして、あいつを生徒会《せいとかい》から追《お》い出《だ》せ！　庶務《しょむ》の権限《けんげん》を使《つか》うときだ！」

「えぇ？　そんなことできるわけないだろ！　それに庶務《しょむ》にそんな力《ちから》はない！」

横暴《おうぼう》な海《まりん》くんに、光《らいと》くんが困《こま》った顔《かお》をする。そうして海《まりん》くんをなだめながら、光《らいと》くんはわたしたちに苦笑《くしょう》しながら言《い》った。

「でも海《まりん》の言《い》うとおり、三園《みその》さんには気《き》をつけたほうがいいね。僕《ぼく》も注意《ちゅうい》するから、こはくちゃん、いや部長《ぶちょう》、この学校支援部《がっこうしえんぶ》をいっしょに守《まも》ろう」

光《らいと》くんの力強《ちからづよ》い言葉《ことば》に、わたしもしっかりうなずいた。横《よこ》では「ルビィも守《まも》るー！」とこぶしをつきあげている。海《まりん》くんも「当《あ》たり前《まえ》だ！」と鼻息《はないき》を荒《あら》くする。

そうだよね。せっかく作《つく》った大切《たいせつ》な居場所《いばしょ》だもん。わたしもこぶしをにぎる。

みんなの居場所《いばしょ》を守《まも》ろう！

……って、やっぱりわたしが部長《ぶちょう》なの!?

第《だい》2話《わ》　ルビィ、ライバルにメラメラ！

1．ナゾめく転校生《てんこうせい》

理不尽《りふじん》な目《め》にあった翌日《よくじつ》、わたしは頭《あたま》をなやませていた。ふしぎな怪事件《かいじけん》に学校支援部《がっこうしえんぶ》の廃部危機《はいぶきき》……それにくわえて二週間後《にしゅうかんご》の球技大会《きゅうぎたいかい》！

「今日《きょう》から球技大会《きゅうぎたいかい》の練習《れんしゅう》か〜。運動部《うんどうぶ》じゃないわたしたちには関係《かんけい》ないよね」

そんな言葉《ことば》がどこかから飛《と》び出《だ》し、わたしははげしくうなずいた。

球技大会《きゅうぎたいかい》は、毎年中間《まいとしちゅうかん》テストのあとに行《おこな》われるイベント。ルビィの転校前《てんこうまえ》に中間《ちゅうかん》テストは終《お》わってるから、息抜《いきぬ》きのための球技大会準備《きゅうぎたいかいじゅんび》がはじまる。でも運動《うんどう》が苦手《にがて》なわたしにとって、体育《たいいく》や球技《きゅうぎ》はなんの息抜《いきぬ》きにもならない！　ゆううつだなぁ……

今日《きょう》の体育《たいいく》はバレーボールとサッカーの練習《れんしゅう》をする。ちなみに女子《じょし》がバレーボールで、男子《だんし》がサッカーって決《き》まってるの。

「えぇー!?　ルビィ、サッカーやりたかった！」

体操服《たいそうふく》に着《き》がえていると、ルビィが急《きゅう》に大声《おおごえ》をあげる。

「しょうがないでしょ。それにサッカーのルール、わかるの？」

「……わかんない。でも、ボールをけるってことは知《し》ってる。パパが好《す》きなやつ」

ルビィはしょんぼりと言《い》った。

そういえばルビィが生《い》きてたころ、お父《とう》さんがテレビでサッカー観戦《かんせん》しているのを見《み》たことがあった。それをルビィも覚《おぼ》えてたのね。

ちなみに、わたしもサッカーのルールはわかってない……というのはだまっておこう。

気《き》を取《と》り直《なお》して、わたしは明《あか》るく言《い》った。

「バレーボールなら、ルビィも楽《たの》しくできるだろうし、むしろ得意《とくい》だと思《おも》うよ」

「えっ、そうなの!?　じゃあルビィ、バレーボールがんばる！」

ルビィはワタワタしながら体操服《たいそうふく》に着《き》がえた。ふだんは魔法《まほう》で制服姿《せいふくすがた》に変身《へんしん》するから、着《き》がえることに慣《な》れてないみたい。

みんな着《き》がえて体育館《たいいくかん》に行《い》くなか、わたしとルビィは最後《さいご》まで女子更衣室《じょしこういしつ》に残《のこ》っていた。

体育館《たいいくかん》へいそがなくちゃ！

「そういえば、三組《さんくみ》と合同《ごうどう》で体育《たいいく》か……」

体育館《たいいくかん》への道《みち》のりで、わたしは不安《ふあん》な声《こえ》をもらした。

今日《きょう》はクラス合同《ごうどう》の体育《たいいく》。ルビィも思《おも》い出《だ》したのか、苦《にが》い顔《かお》つきになる。

「三組《さんくみ》といえば、あのふたりがいるんだよね……」

あのふたりというのは生徒会書記《せいとかいしょき》の三園《みその》ほたるさんと、転校生《てんこうせい》の卯野千颯《うのちはや》さんのこと。

顔《かお》を合《あ》わせるのがイヤだなぁ……

そう考《かんが》えながら体育館《たいいくかん》へ行《い》く。みんなバレーボールでトスやレシーブの練習《れんしゅう》をしていて、どうやら一組《いちくみ》の女子《じょし》はコートの手前側《てまえがわ》、三組《さんくみ》は舞台側《ぶたいがわ》で集《あつ》まっていた。三園《みその》さんも三組《さんくみ》の中《なか》にいたので、わたしたちは三園《みその》さんに見《み》つからないよう一組《いちくみ》の中《なか》へ飛《と》びこむ。

すると、ちょうどチャイムが鳴《な》ったので、先生《せんせい》が体育館《たいいくかん》に入《はい》ってきた。みんなで整列《せいれつ》し、準備体操《じゅんびたいそう》をする。先生《せんせい》の動《うご》きに合《あ》わせて体操《たいそう》するので、ルビィも上手《じょうず》にマネできた。

それからは、先生《せんせい》の指示《しじ》で二十分間《にじゅっぷんかん》の練習《れんしゅう》をする。

「バレーボールって、どんなスポーツなの？」

ルビィがわたしに聞《き》いてくるけど、えーっと……いざ聞《き》かれると、すぐには答《こた》えられない。困《こま》っていると、うしろから紫春《しはる》ちゃんと愛依《あい》ちゃんが近《ちか》づいてきた。

「バレーボールはね、ふたつのチームがネットをはさんだコートでボールを打《う》ち合《あ》って、点数《てんすう》を競《きそ》うスポーツだよ」

紫春《しはる》ちゃんが、サラリと説明《せつめい》してくれる。すると、今度《こんど》は愛依《あい》ちゃんも続《つづ》いた。

「ねぇ、いっしょにグループ作《つく》って練習《れんしゅう》しようよ。六人《ろくにん》で一《いち》チームだから、わたしたちで四人《よにん》。あとふたり必要《ひつよう》だね」

その言葉《ことば》を聞《き》いて、わたしとルビィは顔《かお》をほころばせる。仲《なか》よしの子《こ》といっしょなら安心《あんしん》だ。

「ありがとう！　ルビィもいいよね？」

そう聞《き》くと、ルビィは大《おお》きくうなずいて笑《わら》った。

「うん！　それじゃあ、あとのふたりは、だれかさそってくるー！」

ルビィはわたしたちの答《こた》えを待《ま》たず、チームメイト集《あつ》めに走《はし》っていった。

「猫宮《ねこみや》さんって、すごく明《あか》るいよね……だれとでも仲《なか》よくできるタイプって感《かん》じ。こはくちゃんと正反対《せいはんたい》」

愛依《あい》ちゃんが感心《かんしん》したようにメガネをクイッとあげて言《い》い、紫春《しはる》ちゃんもうんうんとうなずく。わたしは照《て》れくさくなって笑《わら》った。

「そこがルビィのいいところかもね」

ルビィがほめられるのはうれしい。これはもしかして、わたしのサポートも必要《ひつよう》ないんじゃないかな。そう思《おも》っていたら、ルビィはふたり組《くみ》の女《おんな》の子《こ》を引《ひ》っぱってきた。

「おまたせ！　よーし、この六人《ろくにん》でがんばろう！」

「おーっ！」

ルビィの元気《げんき》いっぱいな声《こえ》につられるように、みんながこぶしをつきあげる。

それからわたしたちは、のんびりとトスの練習《れんしゅう》を始《はじ》めた。しばらく、なごやかにボールを打《う》ち合《あ》う。そんなとき、三組《さんくみ》のエリアで大《おお》きなどよめきが立《た》った。

「キャー！　卯野《うの》さん、すごい！」

女子《じょし》たちの歓声《かんせい》の合間《あいま》に、バシュッとボールをはじく大《おお》きな音《おと》がする。

見《み》ると、背《せ》の高《たか》いサイドテールの女《おんな》の子《こ》が高《たか》くジャンプし、キレイなフォームでアタックしていた。その力強《ちからづよ》いボールの音《おと》に、わたしは背筋《せすじ》がこおりつく。

「こはくちゃん！　あぶない！」

紫春《しはる》ちゃんの声《こえ》がし、わたしは「え？」と正面《しょうめん》を見《み》る。その瞬間《しゅんかん》、顔《かお》にボールが当《あ》たった。いったぁぁっ！

「あぁっ、こはく！　ごめん！」

ボールを打《う》ったのはルビィだったみたい……。わたしはヒリヒリする顔《かお》をさすった。

「なに見《み》てたの？」

愛依《あい》ちゃんがかけよって聞《き》く。紫春《しはる》ちゃんたちも集《あつ》まってきて、わたしを心配《しんぱい》そうに囲《かこ》んだ。そんなみんなに対《たい》し、わたしは三組《さんくみ》のエリアを指《ゆび》さした。

「あっち。なんだか強《つよ》そうで……」

「うわぁ、すごいね。三組《さんくみ》の転校生《てんこうせい》だっけ？　かっこいい！」

卯野《うの》さんのはげしいアタックに、紫春《しはる》ちゃんが見《み》とれたように言《い》う。愛依《あい》ちゃんたちも注目《ちゅうもく》し、ほわわーんとした空気《くうき》がただよう。でも、ルビィは顔《かお》をしかめていた。

卯野《うの》さんがタオルで汗《あせ》をぬぐう。その際《さい》、卯《う》野《の》さんはわたしたちをチラッと見《み》て……「フッ」とバカにするように鼻《はな》で笑《わら》った。

「こ、こはく……！」

ルビィがボールを強《つよ》くつかんで言《い》う。そのただならぬ気迫《きはく》に、わたしは息《いき》をのんだ。

「ルビィ、ぜったい負《ま》けないからね！」

なんだか、目《め》の奥《おく》がメラメラと燃《も》えてるけど⁉

ルビィの異常《いじょう》な熱意《ねつい》に、わたしはなにも言《い》えなくなった。

＊＊＊

それから昼休《ひるやす》みに入《はい》り、わたしとルビィはいつものように先生《せんせい》のお願《ねが》いを聞《き》きに走《はし》った。

小《ちい》さなことからコツコツと、お願《ねが》いごとを聞《き》いて回《まわ》る。同時《どうじ》に物体消失事件《ぶったいしょうしつじけん》のことも調《ちょう》査《さ》したいんだけど……

「あら、ごめんなさいね、佐伯《さえき》さん。今日《きょう》はもうお願《ねが》いすることがないのよ」

職員室《しょくいんしつ》に行《い》くと、先生《せんせい》たちからそう言《い》われた。しかもひとりの先生《せんせい》だけじゃなく、声《こえ》をかける先生《せんせい》すべて。あの校長先生《こうちょうせんせい》も花壇《かだん》の手入《てい》れが終《お》わってるので、ただごとじゃない。

「おかしい……この学校《がっこう》の先生《せんせい》たちって、仕事《しごと》が多《おお》くていつもいそがしいのに」

ルビィが偏見《へんけん》たっぷりなことを言《い》ってるけれど、たしかにおかしいなと思《おも》う。

今日《きょう》がたまたまだったとしても、校長先生《こうちょうせんせい》が花壇《かだん》のお手伝《てつだ》いを断《ことわ》るのは変《へん》だ。毎日《まいにち》、花壇《かだん》の花《はな》に水《みず》やりをしているのに「今日《きょう》はもう済《す》んだんだよ」と言《い》われてしまうなんて。

でも、先生《せんせい》たちはみんな、わたしが部活《ぶかつ》を立《た》ちあげたことを知《し》っていて「応援《おうえん》してるからね！」と言《い》ってくれた。それはうれしい。だけど……

わたしたちは首《くび》をかしげながら、部室《ぶしつ》に向《む》かった。ドアをあけると、海《まりん》くんとターちゃんがいる。今日《きょう》も光《らいと》くんはいない。

「お、いいところにきたな、おまえたち」

めずらしく機嫌《きげん》のいい海《まりん》くんが言《い》う。どうしたんだろう？

すると、海《まりん》くんはスマートフォンを出《だ》して、ズイッと画面《がめん》を見《み》せてきた。

「なぁ、ルビィ。部活《ぶかつ》の助《すけ》っ人《と》をしないか？」

そこには、野球部《やきゅうぶ》をはじめとした運動系《うんどうけい》の部活生《ぶかつせい》が書《か》きこむ、学校用《がっこうよう》ＳＮＳがあり、部活生《ぶかつせい》たちが人数合《にんずうあ》わせの助《すけ》っ人《と》を募集《ぼしゅう》していた。

「うまくいけば、親愛《しんあい》のカケラをたんまりかせげるぜ。へへへっ」

「なんかイヤな言《い》い方《かた》するなぁ……」

あやしむようにわたしが言《い》うと、海《まりん》くんはくちびるをへの字《じ》に曲《ま》げた。

「効率《こうりつ》よく集《あつ》めたほうがいいだろ。それにいま、運動部《うんどうぶ》は人手不足《ひとでぶそく》らしいんだよ」

「どうして？」

「例《れい》の事件《じけん》が起《お》きてるからな。こわいから部活《ぶかつ》に行《い》かないって言《い》ってるヤツらが続出《ぞくしゅつ》」

なるほど……もしかすると、事件《じけん》の現場《げんば》をおさえることもできるかもしれないし、これはやってみる価値《かち》あるかも。わたしとルビィは顔《かお》を見合《みあ》わせて、こっくりとうなずいた。

「ルビィ、やる！」

「よし、じゃあ女子《じょし》の部活《ぶかつ》に連絡《れんらく》しよう。このSNS上《うえ》で申請《しんせい》するんだ。でもバスケ部《ぶ》なら七瀬《ななせ》に直接《ちょくせつ》言《い》ったほうが早《はや》いかもな」

海《まりん》くんの提案《ていあん》に、わたしたちはさっそくやる気《き》になる。がんばろう！

そう言《い》おうとすると、海《まりん》くんがさらりと言《い》った。

「あ、でも、こはくはやめとけよ」

「なんで？」

「なんでって、運動《うんどう》できねぇだろ。プールに落《お》ちたとき、なかなかあがれなかったし」

海《まりん》くんがからかうように、ケラケラ笑《わら》って言《い》う。ルビィも思《おも》い出《だ》したらしく、手《て》をポンと打《う》って言《い》った。

「そっかぁ。たしかに今日《きょう》、ボールが顔《かお》に当《あ》たってたもんねぇ」

うぅ……ぐうの音《ね》も出《で》ないよ……

しかたない。運動部《うんどうぶ》の助《すけ》っ人《と》はルビィにまかせる。

でもこれで、目的不明《もくてきふめい》の部活《ぶかつ》と言《い》われずに済《す》むかなぁ。

そう思《おも》っていたけれど、放課後《ほうかご》になってこの話《はなし》は、大《おお》きくひっくり返《かえ》ることになった。

2．助《すけ》っ人《と》、まにあってます？

放課後《ほうかご》、ルビィは体操服《たいそうふく》に着《き》がえてバスケ部《ぶ》へ向《む》かった。わたしもついていく。

体育館《たいいくかん》で活動《かつどう》している女子《じょし》バスケ部《ぶ》は、ランニングやストレッチをしていた。ぎこちなくトレーニングしているのは、この春《はる》に入《はい》ったばかりの一年生《いちねんせい》かな。

それにしても、このあいだ見《み》たときよりも部員《ぶいん》がすくなくなったような……

「あ、こはくと猫宮《ねこみや》さん！」

体育館《たいいくかん》の入《い》り口《ぐち》に立《た》っていると、珠莉《じゅり》がかけよってくる。

「今日《きょう》、三年生《さんねんせい》が進路講習《しんろこうしゅう》でいなくてね、あと一年《いちねん》も二年《にねん》も部活休《ぶかつやす》みの子《こ》がいるから、練《れん》習《しゅう》にならなかったんだけど……」

「うん、聞《き》いてるよ！　困《こま》ってるんだよね？」

ルビィがワクワクした目《め》で聞《き》く。すると、珠莉《じゅり》は言《い》いにくそうに目《め》をそらした。

「実《じつ》は、もう助《すけ》っ人《と》はまにあってるんだよね……」

「えっ？　どういうこと？」

思《おも》わず前《まえ》のめりになって聞《き》くわたし。珠莉《じゅり》は申《もう》しわけなさそうな顔《かお》で、コートを見《み》た。

「あの子《こ》、生徒会《せいとかい》からの紹介《しょうかい》で、今日《きょう》の助《すけ》っ人《と》をしてくれるんだって」

ストレッチを終《お》え、ボールを使《つか》った練習《れんしゅう》を始《はじ》める女子《じょし》バスケ部《ぶ》。その中《なか》に、長《なが》い黒髪《くろかみ》の女《おんな》の子《こ》が当然《とうぜん》のようにいた。卯野《うの》さんだ！

「なっ！　なんであの子《こ》が！」

ルビィが大声《おおごえ》をあげると、バスケ部《ぶ》の人《ひと》たちがこちらを見《み》る。

「おーい、珠莉《じゅり》ー、練習《れんしゅう》するよー」

ほかの二年生《にねんせい》たちに言《い》われ、珠莉《じゅり》は「あ、ごめん！」と声《こえ》を返《かえ》し、わたしたちに困惑《こんわく》の笑顔《えがお》を向《む》ける。

そのうしろで卯野《うの》さんが部員《ぶいん》からパスをもらい、華麗《かれい》にドリブルしてシュートした。そのキレイなフォームに、部員《ぶいん》たちが「おぉ！」と歓声《かんせい》をあげる。

「そういうわけだから……ごめんね！　おばけ事件《じけん》のことは引《ひ》き続《つづ》き、よろしく！」

珠莉《じゅり》は両手《りょうて》を合《あ》わせておがむ仕草《しぐさ》をして、コートへもどっていった。

しかたなく、わたしたちは外《そと》に出《で》る。しばらくだまったあと、ルビィがわたしに涙目《なみだめ》を向《む》けてきた。

「ねぇ、どういうこと!?　なんで!?　ルビィが先《さき》に予約《よやく》してたのにぃ！」

ルビィがわたしの肩《かた》をつかんでゆさぶる。そんなこと言《い》ったって、わたしにもわからないよ！　と困《こま》ったけど、さっきの珠莉《じゅり》の言葉《ことば》を思《おも》い出《だ》してひらめく。

「『生徒会《せいとかい》からの紹介《しょうかい》』って言《い》ってたよね……ってことは、卯野《うの》さんをバスケ部《ぶ》の助《すけ》っ人《と》として手配《てはい》したのは三園《みその》さんかも」

「あー！　それだ！　ぜったいそれだ！」

ルビィが髪《かみ》の毛《け》を逆立《さかだ》たせてプンスカ怒《おこ》った。

「もう、なんなのよ、あの子《こ》たち！　ルビィのジャマばかりする！」

「ルビィ、あんまり怒《おこ》ってばかりじゃダメだよ……また次《つぎ》がんばろう。ね？」

「みゃうぅぅ……ていうか、こはくはもっと怒《おこ》ってよ！　だって、あの子《こ》たち、ルビィのジャマして学校支援部《がっこうしえんぶ》を廃部《はいぶ》にするつもりなんだよ？　ぜったいそうなの！」

うぅ……そんなことはないと思《おも》いたい。さすがに、ジャマしてまで廃部《はいぶ》にしようとするなんて、そんなひどいこと……

すると、体育館《たいいくかん》から氷《こおり》のように冷《つめ》たい声《こえ》が聞《き》こえてきた。

「そこでなにをしてるんだ」

ふり返《かえ》ったわたしは、引《ひ》きつった声《こえ》を出《だ》した。

「う、卯野《うの》さん……！」

すかさず、ルビィが「シャーッ！」と威嚇《いかく》して卯野《うの》さんにつめよる。

「ちょっと、あなたね！　ほたるちゃんから言《い》われたのか知《し》らないけど、ルビィたちのジヤマしないでよね！」

「ジャマ？　なにを言《い》ってるんだ。わたしはただ生徒《せいと》の役《やく》に立《た》つため、その手伝《てつだ》いをしているだけ。言《い》いがかりはやめたまえ」

堅苦《かたくる》しい口調《くちょう》できっぱり言《い》われてしまうも、ルビィは引《ひ》き下《さ》がらない。

「その生徒《せいと》のためにお手伝《てつだ》いをする部活《ぶかつ》が、ルビィたち学校支援部《がっこうしえんぶ》なの！　なんで千颯《ちはや》ちゃんがルビィたちのお仕事《しごと》を取《と》っちゃうのよー！」

「ちょっとルビィ、やめて……」

わたしは止《と》めようと、ルビィにだきつく。すると、卯野《うの》さんはわたしたちを見下《みお》ろして、鼻《はな》で笑《わら》いながら言《い》った。

「君《きみ》たちも以前《いぜん》は部活《ぶかつ》ではなく、ボランティアとして活動《かつどう》していたと聞《き》いてるが？」

わたしとルビィは目《め》を丸《まる》くして固《かた》まった。卯野《うの》さんは冷《さ》めた声《こえ》であとを続《つづ》ける。

「だったら、この活動《かつどう》は部活《ぶかつ》だろうが、個人《こじん》だろうが関係《かんけい》ない。それに生徒《せいと》のなやみを解《かい》決《けつ》するのは、支援部《しえんぶ》の仕事《しごと》ではなく本来《ほんらい》は生徒会《せいとかい》の仕事《しごと》。ほたるはそう言《い》っていた」

うぅ……冷静《れいせい》な言葉《ことば》で論破《ろんぱ》されたら、なにも言《い》い返《かえ》せないよ……

この前《まえ》と立場《たちば》が逆転《ぎゃくてん》しちゃった。たしかに、ちょっと前《まえ》までは卯野《うの》さんと同《おな》じく、個人《こじん》でお手伝《てつだ》いやおなやみ解決《かいけつ》をしてたからね。

なにも言《い》えなくなったルビィが、わたしに「なんとか言《い》って！」と言《い》うように腕《うで》をギュッとつかんでくるけど、どうしようもないよ……

すると、体育館《たいいくかん》からバスケ部員《ぶいん》が顔《かお》を出《だ》してきた。

「卯野《うの》ちゃーん！　休《きゅう》けい終《お》わりだよー！」

卯野《うの》さんは「はい！」とキレのある返事《へんじ》をする。すっかりなじんでいるみたいで、わたしもくやしくなってくる。だって、本当《ほんとう》ならルビィがそこにいるはずだったのに……

じっと見《み》つめていると、卯野《うの》さんはわたしの視線《しせん》に気《き》づいて目《め》を細《ほそ》めた。

「そういうことだから、君《きみ》たちはもう帰《かえ》りたまえ」

ピシャリと言《い》われてドアを閉《し》められる。窓《まど》から、卯野《うの》さんがコートの中《なか》へもどり、バスケの練習試合《れんしゅうじあい》に参加《さんか》する様子《ようす》が見《み》えた。

ルビィを見《み》ると髪《かみ》の毛《け》をゆらめかせ、顔《かお》を真《ま》っ赤《か》にしている。そして、怒《いか》りのあまりにネコ語《ご》で叫《さけ》んだ。

「みゃあぁあーっ！　むっかむか！」

こんなに怒《おこ》るルビィ、はじめて見《み》た……あ、そんなことないか。カラスや野良《のら》ネコがうちに入《はい》りこんだとき、しっぽと毛《け》を逆立《さかだ》たせて怒《おこ》ってたし、それと同《おな》じくらい怒《おこ》ってる。

「ルビィ、落《お》ち着《つ》いて……お願《ねが》い」

わたしはひとまず、ルビィの頭《あたま》をなでた。ルビィの髪《かみ》の毛《け》をなでつけるようにすると、だんだんルビィの気分《きぶん》が落《お》ちついてくる。でも、まだ顔《かお》は赤《あか》いままだ。

「……こはく。ルビィ、決《き》めたよ」

「はい……えっと、なにを？」

「ルビィ、千颯《ちはや》を倒《たお》す」

「えぇ!?　倒《たお》すってなに!?　乱暴《らんぼう》はダメだよ！」

急《きゅう》にこわいこと言《い》わないで！　そんなわたしの気持《きも》ちにかまわず、ルビィは闘志《とうし》を燃《も》やしていた。

「おうちに帰《かえ》って、ほたる&千颯《ちはや》コンビを倒《たお》す策《さく》を考《かんが》えなきゃ！」

えぇぇえー!?　どうしてそうなるの！

＊＊＊

すぐさま家《いえ》に帰《かえ》ると、ルビィは三園《みその》さんたちに勝《か》つための妨害策《ぼうがいさく》を考《かんが》えはじめた。

ネコの姿《すがた》にもどり、ベッドの上《うえ》でスマートフォンみたいな電子端末《でんしたんまつ》を使《つか》って、なにかを探《さが》している。あーでもない、こーでもないとブツブツ言《い》っていて、なんだかブキミだ。

その間《あいだ》、わたしはつくえに向《む》かって考《かんが》えごとをしていた。

今日《きょう》、めずらしく先生《せんせい》たちのお手伝《てつだ》いができなかった理由《りゆう》は……ひょっとして、これも三園《みその》さんたちが先回《さきまわ》りしたから？　ルビィが言《い》うようにわたしたちの活動《かつどう》をジャマして、廃部《はいぶ》にさせようとしているの？　どうして？

三園《みその》さんと卯野《うの》さんのわたしたちを見《み》る目《め》が、なんだかきびしくて、ちょっと引《ひ》っかかる。でも、悪《わる》いことをした心当《こころあ》たりがないから考《かんが》えにつまってしまう。

そんなわたしの考《かんが》えごとをさえぎるように、ルビィの声《こえ》が頭《あたま》からふってきた。

「よし！　これでいこう！　こはくぅ、アイテム買《か》うー！」

ルビィがわたしの頭《あたま》に乗《の》り、顔《かお》をのぞきこんでくる。

「アイテム？　なにを買《か》うの？」

わたしは、首《くび》にさげていた琥珀石《こはくいし》を出《だ》した。琥珀石《こはくいし》をにぎって願《ねが》いをこめると、親愛《しんあい》のカケラと引《ひ》きかえにアイテムが買《か》えるの。

ルビィは画面《がめん》に映《うつ》る霊界《れいかい》アイテムを見《み》せてきた。

「これ！『ピコッとサイミン☆』！　これ買《か》う！　おねがーい！」

なるほど。その端末《たんまつ》って、アイテムカタログだったのね。

わたしは画面《がめん》をのぞきこんで『ピコッとサイミン☆』を見《み》た。

「ちょっと、ルビィ！　これハンマーじゃん！　ダメダメ！　こんな凶器《きょうき》を買《か》うなんてゆるしません！」

ピンク色《いろ》の塗装《とそう》とリボンのかざりでかわいくごまかされてるけど、形《かたち》はどこからどう見《み》てもハンマーだ。

わたしは琥珀石《こはくいし》を服《ふく》の下《した》にもどした。これに、ルビィがあわててうったえてくる。

「あぁー！　これがあれば、ほたると千颯《ちはや》をピコッとたたいて催眠状態《さいみんじょうたい》にできるのに！」

「本当《ほんとう》にやめてよ、こわいから！　……だいたい、なんでそんなものが霊界《れいかい》に売《う》ってるの？　悪霊用《あくりょうよう》じゃないの？」

ルビィの手《て》から、電子端末《でんしたんまつ》をうばったわたしはアイテムカタログを見《み》た。

うーん、悪霊用《あくりょうよう》じゃないみたいだけど、こんなあぶないものを売《う》らないでほしい。かんたんに悪用《あくよう》できちゃうよ。ちなみに、ルビィは不満《ふまん》そうにわたしの頭《あたま》をたたいている。

「じゃあどうやって、あのふたりに勝《か》つのよー!?」

「うーん……ふつうにお手伝《てつだ》いがあるか募集《ぼしゅう》しても、きっとふたりに先回《さきまわ》りされちゃうだろうし……なにより、活動《かつどう》ができないと事件《じけん》を調《しら》べることもできないし……」

「ほら、答《こた》えが出《で》ないでしょ！　だからアイテムにたよりたいのにー！」

ルビィはつくえの上《うえ》に降《お》りると、ゴロンとあおむけになって投《な》げやりに言《い》った。そんなルビィに顔《かお》を近《ちか》づけ、わたしはおずおずと言《い》ってみる。

「ねぇ、ルビィ。あまりそうムキにならないで。いつものやさしいルビィでいてよ」

「ルビィはやさしいよ！　でも、やさしくない子《こ》にはやさしくしたくないよ！」

すぐに返《かえ》ってくる言葉《ことば》。その意味《いみ》はわからなくはない……でも、わたしはルビィに怒《おこ》らないでいてほしい。どうしたらいいんだろう。

ルビィのおなかに顔《かお》をうずめて考《かんが》える。ルビィはすこしイヤそうだけど、動《うご》かずにいた。

しばらく、ルビィの香《かお》りをかぐ。このおひさまのにおいが落《お》ちつくんだよね……

ぐるぐるからまった脳内《のうない》がやっとおだやかになってくる。

そのとき、わたしは急《きゅう》にひらめいた。

「そうだ！　ベリル先生《せんせい》に相談《そうだん》しようよ！」

ルビィは耳《みみ》をピンと立《た》てて立《た》ちあがった。

3．ルビィ、宣戦布告《せんせんふこく》します！

ベリル先生《せんせい》はルビィの試験《しけん》を監督《かんとく》する守護霊《しゅごれい》さま。ルビィと同《おな》じネコだけど、ルビィよりも落《お》ち着《つ》きがあって、おとなのふんいき。ゆいいつの弱点《じゃくてん》は変装《へんそう》が苦手《にがて》なこと。

願《ねが》いをこめて琥珀石《こはくいし》をにぎると、ポウッと熱《あつ》くなってくる。だんだんヒカリを帯《お》びてきて、金色《きんいろ》にかがやき、やがて琥珀石《こはくいし》から低《ひく》くやさしい男《おとこ》のひとの声《こえ》が聞《き》こえてきた。

『こはくさん、こんにちは。なにかご用《よう》ですか？』

その声《こえ》に、わたしは片眼鏡《モノクル》をかけた白猫《しろねこ》のベリル先生《せんせい》を思《おも》い出《だ》しながら「こんにちは」と声《こえ》をかけた。

「ベリル先生《せんせい》ー！　聞《き》いて聞《き》いて！」

緊張《きんちょう》するわたしの横《よこ》で、ルビィが元気《げんき》いっぱいに割《わ》りこんでくる。すると、ベリル先生《せんせい》はクスクス笑《わら》った。

『ルビィも相変《あいか》わらず元気《げんき》ですね。さて、こはくさん、なにか私《わたし》に相談《そうだん》ごとがあるのでしょう？』

「ルビィのお話《はなし》聞《き》いてよ！」

琥珀石《こはくせき》をうばおうとするルビィの手《て》をつかんで、わたしはベリル先生《せんせい》にたずねた。

「ちょっとルビィ……あの、ベリル先生《せんせい》、どうして相談《そうだん》があるってわかったんですか？」

『私《わたし》は守護霊《しゅごれい》ですよ。人間《にんげん》のなやみには敏感《びんかん》なんです。さぁ、お話《はな》しください』

ベリル先生《せんせい》は静《しず》かに答《こた》える。すごくたよりになるなぁ。

わたしは気《き》を取《と》り直《なお》して、琥珀石《こはくいし》に口《くち》を近《ちか》づけて話《はな》した。

「ルビィといっしょに親愛《しんあい》のカケラを集《あつ》めるため、学校支援部《がっこうしえんぶ》という部活《ぶかつ》を作《つく》ったんです。

あ、部活《ぶかつ》ってわかりますか？」

『わかりますよ。どうぞ、続《つづ》けて』

「はい……それで、光《らいと》くんと海《まりん》くんも入部《にゅうぶ》してくれて、部《ぶ》としてみとめられたのに、生徒《せいと》会書記《かいしょき》の女《おんな》の子《こ》から、廃部《はいぶ》にされそうになりまして……ルビィがすごく怒《おこ》ってるんです。どうしたらいいと思《おも》いますか？」

こんな感《かん》じで伝《つた》わるかな……。ドキドキしていると、ルビィがまた口《くち》をはさんだ。

「もうカンカンだよ！　ルビィ、ぜったいにほたると千颯《ちはや》に負《ま》けたくないの！　ねぇ、先《せん》生《せい》、どうやったらふたりに勝《か》てると思《おも》う？」

すると、ベリル先生《せんせい》は石《いし》の向《む》こう側《がわ》で『うーん……』としばらく考《かんが》えた。

『つまり、その子《こ》たちに勝《か》ったら、ルビィの怒《いか》りがおさまるんですね。その方法《ほうほう》がわからないと……だったらいっそ、正式《せいしき》に勝負《しょうぶ》をしたらいかがです？』

「え!?　勝負《しょうぶ》ですか!?」

予想外《よそうがい》の答《こた》えに、わたしはおどろいて裏返《うらがえ》った声《こえ》が飛《と》び出《だ》した。

「正式《せいしき》に勝負《しょうぶ》って……果《は》たし状《じょう》をつきつけるような感《かん》じで？」

『そうです。これに条件《じょうけん》もつけましょう。勝《か》ったほうが相手《あいて》の言《い》うことを聞《き》く、とかね。そうすれば公平《こうへい》だと思《おも》いますし、ルビィも満足《まんぞく》するはずです』

「うーん、勝負《しょうぶ》しなきゃダメですか？　話《はな》し合《あ》いとか、平和的《へいわてき》な解決方法《かいけつほうほう》は？」

『ルビィはそれでよいと言《い》いますよ』

その言葉《ことば》に、ルビィは首《くび》を縦《たて》にブンブンふってうなずいた。

「うんうん！　さっすがベリル先生《せんせい》、わかってるぅ！」

そう言《い》うと、うれしそうにクルンと一回転《いっかいてん》した。でも、わたしは納得《なっとく》いかず、ギュッと琥珀石《こはくいし》を固《かた》くにぎる。

それが伝《つた》わったのか、ベリル先生《せんせい》はやさしく『こはくさん』と声《こえ》をかけてきた。

『勝負《しょうぶ》することは悪《わる》いことではないんですよ。それに、おそらく相手《あいて》は話《はな》し合《あ》いで引《ひ》き下《さ》がることはないでしょう。いつまでも話《はなし》が平行線《へいこうせん》になるだけです』

「そ、そうですね……」

やさしいのに言葉《ことば》がきびしいので、わたしはシュンとした。それをなぐさめるように、ベリル先生《せんせい》が笑《わら》って続《つづ》ける。

『まぁまぁ、ルビィにまかせてみなさい。そういえば、もうすぐ球技大会《きゅうぎたいかい》でしたよね。それで決着《けっちゃく》をつけるというのはいかがでしょう？』

「あ、それ名案《めいあん》！　そうしよう！」

ルビィが勝手《かって》に話《はなし》を決《き》める。わたしはもうなにも言《い》わずにいた。

本当《ほんとう》にそれでいいのかなぁ？

＊＊＊

翌日《よくじつ》、ルビィはおうちで書《か》いた果《は》たし状《じょう》（わたしは手伝《てつだ》わなかった）を持《も》って、学校《がっこう》へ行《い》った。

教室《きょうしつ》へ行《い》く前《まえ》に三組《さんくみ》をのぞいてみる。三園《みその》さんたちは、となり同士《どうし》の席《せき》にすわってなにかを話《はな》していた。

「あ、いた！　おーい、ほたるー、千颯《ちはや》ー！」

ルビィが大声《おおごえ》で呼《よ》ぶと、ふたりはすばやくこちらを見《み》る。その前《まえ》に、海《まりん》くんがあわててすっ飛《と》んできた。

「おい、どうしたんだよ、おまえら」

「なんだかイヤな予感《よかん》がするよ！」

ターちゃんも不穏《ふおん》な気配《けはい》を感《かん》じたのか、海《まりん》くんの髪《かみ》の毛《け》の中《なか》にもぐりこんでかくれる。

それにかまわず、ルビィはずんずん教室《きょうしつ》に入《はい》ると、三園《みその》さんたちに近《ちか》づいて果《は》たし状《じょう》を見《み》せた。

三園《みその》さんは片眉《かたまゆ》をあげてフキゲンそうに言《い》う。

「わたし、あなたと友《とも》だちだったかしら？」

すぐに卯野《うの》さんも、するどい目《め》つきを向《む》けて口《くち》をひらく。

「なれなれしく呼《よ》ぶな。それになんだ、いきなりやってきて大声出《おおごえだ》して」

「果《は》たし状《じょう》だよ！　今度《こんど》の球技大会《きゅうぎたいかい》で、ルビィたちが勝《か》ったらもうジャマしないで！　それと、学校支援部《がっこうしえんぶ》も廃部《はいぶ》にしないで！」

ルビィの真剣《しんけん》な声《こえ》に卯野《うの》さんは眉根《まゆね》をよせた。三園《みその》さんは卯野《うの》さんをチラリと見《み》る。

わたしはいてもたってもいられず、ルビィたちにおずおずと近《ちか》づいた。

「お願《ねが》い。本当《ほんとう》はこんなこと、したくないけど……」

「あら、意見《いけん》をまとめて出直《でなお》してきたら？　でないと、負《ま》けるわよ」

三園《みその》さんの言《い》うことは正《ただ》しい……かもしれない。このままじゃ勝《か》てる気《き》がしない。

うつむいていると、海《まりん》くんがわたしの肩《かた》に手《て》を置《お》いて前《まえ》に立《た》った。

「そんなの、ルビィがいればどうってことないぜ。そうだろ、こはく」

その力強《ちからづよ》い言葉《ことば》に、わたしはこの場《ば》から逃《に》げずに済《す》んだ。「うん」とうなずく。

すかさず、卯野《うの》さんの目《め》がキラリと光《ひか》り、その視線《しせん》がルビィに向《む》いた。

「いいだろう。では、君《きみ》たちが負《ま》けたらどうする？　すなわち、わたしたちが勝《か》った場合《ばあい》だが。学校支援部《がっこうしえんぶ》を廃部《はいぶ》にするという条件《じょうけん》でも、かまわないのか？」

その言葉《ことば》に、わたしは体《からだ》をこわばらせた。

ちょっと、それは……そんな交換条件《こうかんじょうけん》、あまりにもひどいよ！

でも、海《まりん》くんとルビィは身《み》を乗《の》り出《だ》して力強《ちからづよ》く返《かえ》した。

「もちろん！」

「それならオレも納得《なっとく》してやる！」

すると、三園《みその》さんが頬杖《ほおづえ》をつきながら言《い》った。

「天月《あまつき》くんは三組《さんくみ》だし男子《だんし》だから、この勝負《しょうぶ》に関係《かんけい》ないでしょ」

おっしゃるとおり。それでも海《まりん》くんは負《ま》けずに、にらみ返《かえ》して言《い》う。

「うるせぇ！　オレも学校支援部《がっこうしえんぶ》なんだから、ルビィの味方《みかた》だ！　覚悟《かくご》しろ！」

四人《よにん》の視線《しせん》がバチバチと火花《ひばな》を散《ち》らすように交《まじ》わり、わたしはため息《いき》をついた。

とにかく、このことを光《らいと》くんにも伝《つた》えなきゃ……

＊＊＊

昼休《ひるやす》み、思《おも》い切《き》って光《らいと》くんに連絡《れんらく》したら、会《あ》う約束《やくそく》ができた。

わたしはルビィと海《まりん》くんが学校支援部《がっこうしえんぶ》の依頼募集《いらいぼしゅう》に出《で》かけているあいだ、部室《ぶしつ》でここまでの話《はなし》をする。やがて、光《らいと》くんはしぶい顔《かお》つきになって、腕《うで》を組《く》んだ。

「うーん……僕《ぼく》もその条件《じょうけん》は納得《なっとく》できないな……」

「そうだよね！　もし負《ま》けた場合《ばあい》は廃部《はいぶ》ってことだよ。そりゃ負《ま》けたくないけど、こんなこと勝手《かって》に決《き》めちゃっていいの？　だいたいそんな権限《けんげん》、だれにもないでしょ？」

「うん。手続《てつづ》きは面倒《めんどう》だし、勝負《しょうぶ》して負《ま》けたら廃部《はいぶ》なんて、そんな前例《ぜんれい》がないからね。先生《せんせい》たちも困《こま》るんじゃないかな」

現実的《げんじつてき》に考《かんが》えても、ルビィたちがやろうとしていることは無謀《むぼう》だと思《おも》う。でも、なんだか実現《じつげん》しそうでこわいんだよね……負《ま》けたら活動《かつどう》させてもらえなくなるんだろうし。

「それにしても、ベリル先生《せんせい》がそんな提案《ていあん》をするのは妙《みょう》だよね。言《い》ってることはわかるんだけど」

光《らいと》くんが考《かんが》えるように言《い》う。たしかに、やさしいベリル先生《せんせい》の提案《ていあん》には首《くび》をかしげるところがある。

わたしはため息《いき》をついて、つくえに突《つ》っ伏《ぷ》した。うーん、もしかして。

「ベリル先生《せんせい》もネコだから……きっと、ネコの本能《ほんのう》が働《はたら》いてるのかも。ほら、ネコってなわばり意識《いしき》が強《つよ》いし、決闘《けっとう》もするから」

「なるほど。ネコならではの助言《じょげん》だったのかもしれないね」

どうやら納得《なっとく》したのか、光《らいと》くんはスッキリとした声《こえ》で言《い》った。

「僕《ぼく》もできるかぎり協力《きょうりょく》するよ。僕《ぼく》らの活動《かつどう》は、事件《じけん》の真相《しんそう》を暴《あば》くことにもつながるわけだし、おいそれと廃部《はいぶ》になんてさせるもんか」

その言葉《ことば》にチラリと顔《かお》をあげると、光《らいと》くんはやさしい笑顔《えがお》を向《む》けていた。その笑顔《えがお》を見《み》ると、こわばっていた心《こころ》がすこしだけやわらいだ気《き》がした。

4．心《こころ》を合《あ》わせて憑依特訓《ひょういとっくん》！

やっぱり今日《きょう》もお手伝《てつだ》いや相談《そうだん》がなく、ルビィとターちゃんの親愛《しんあい》のカケラ集《あつ》めができなかった。しかたなく、家《いえ》に帰《かえ》ってお父《とう》さんとお母《かあ》さんのお手伝《てつだ》いをする。

結果《けっか》、親愛《しんあい》のカケラはふたつだけしか回収《かいしゅう》できず、わたしとルビィはがっくりと肩《かた》を落《お》とした。

その夜《よる》、ごはんを食《た》べてお風呂《ふろ》に入《はい》って、髪《かみ》をかわかしてあとは寝《ね》るだけとなったとき、ルビィが思《おも》いつめたように眉間《みけん》にしわをよせながら言《い》った。

「あのね、こはく。ほたるが言《い》ってたように、ルビィとこはくの心《こころ》をひとつにしないと、勝《か》てないと思《おも》うんだよね」

「え？　うん……？」

三園《みその》さんが言《い》ったのは「意見《いけん》をまとめて出直《でなお》してきたら？」だと思《おも》うけど……まあ、大《おお》きく間違《まちが》ってはない、のかなぁ。

「だからね、憑依《ひょうい》の特訓《とっくん》がしたいの」

憑《ひょう》依《い》の特訓《とっくん》？　わたしは首《くび》をかしげた。

憑《ひょう》依《い》って、たしかこの前《まえ》、ムーンライトと戦《たたか》うために使《つか》った技《わざ》のこと……わたしの体《からだ》にルビィが入《はい》りこんで、力《ちから》を貸《か》してくれたんだよね。

「でも、あれって守護霊《しゅごれい》みならいのルビィは、まだ使《つか》っちゃダメなんじゃないの？」

聞《き》いてみると、ルビィは得意《とくい》げに笑《わら》った。

「実《じつ》はね、一次試験《いちじしけん》に合格《ごうかく》したら三分《さんぷん》だけ憑依《ひょうい》していいの！」

なるほど……それじゃあ、三分《さんぷん》だけルビィの力《ちから》が使《つか》えるってことか。

またあのときみたいに、宙《ちゅう》を飛《と》んだりはねたりするのは、ちょっぴりこわいけど爽快感《そうかいかん》があったことはウソじゃない。やってみたい気持《きも》ちもある。

「わかった。憑依《ひょうい》の特訓《とっくん》、やってみようか」

「やったぁ！」

ルビィはうれしそうに声《こえ》をあげると、わたしの首《くび》に抱《だ》きついた。

さぁ、明日《あす》も学校《がっこう》だ。憑依《ひょうい》の特訓《とっくん》もするなら、はやく寝《ね》ないと。

わたしとルビィはいっしょにおふとんに入《はい》った。ルビィはまくらもとで丸《まる》まると、すぐに寝息《ねいき》を立《た》ててしまう。

「おやすみ、ルビィ」

ルビィの鼻筋《はなすじ》からおでこにかけて人《ひと》さし指《ゆび》でなでる。

ルビィはすでに眠《ねむ》っているのに、気持《きも》ちよさそうに笑《わら》った。

＊＊＊

翌日《よくじつ》、昼休《ひるやす》み。光《らいと》くんは生徒会《せいとかい》で、海《まりん》くんは事件《じけん》の調査《ちょうさ》に出《で》かけている。

わたしとルビィは依頼者《いらいしゃ》を待《ま》つあいだ、部室《ぶしつ》で憑依《ひょうい》の練習《れんしゅう》をはじめた。

ルビィはネコの姿《すがた》にもどり、クルンと一回転《いっかいてん》してピンク色《いろ》の羽《は》うちわを出《だ》した。それをわたしがキャッチする。

「こはく、前《まえ》やったように、その羽《は》うちわを天《てん》に向《む》けてこう唱《とな》えて――憑依《ひょうい》！」

「うん！」

言《い》われたとおり、羽《は》うちわをかかげる。「憑依《ひょうい》！」と唱《とな》えると、すぐにヒカリのつぶにつつまれた。

やがて、わたしの体《からだ》にスゥッとなにかが入《はい》りこんでくる感覚《かんかく》がする。体《からだ》の奥《おく》がザワザワする……でもやさしいあたたかさで満《み》ちていく。

そして、ルビィの毛並《けな》みのような赤《あか》いワンピース姿《すがた》になっていた。

――うまくいったね！

ルビィの声《こえ》が頭《あたま》にひびいてくる。

「そうだね。えーっと、これからどうしよっか。このかっこうじゃ、目立《めだ》っちゃうし」

――とくに、大《おお》きな事件《じけん》も起《お》きてないしねぇ。

「わたしたちの相性《あいしょう》はピッタリだから、あまり特訓《とっくん》も意味《いみ》がないような気《き》がしてきたね」

思《おも》わず笑《わら》うと、ルビィもくすぐったそうに笑《わら》った。

――そうだ！　この憑依《ひょうい》の力《ちから》で、こはくの運動能力《うんどうのうりょく》をアップさせせようよ！

そう言《い》ってルビィは、ポンっとわたしの体《からだ》から抜《ぬ》け出《だ》した。この前《まえ》、憑依《ひょうい》したときよりも体力《たいりょく》が抜《ぬ》けるような感《かん》じはない。

ルビィも日々《ひび》、成長《せいちょう》してるんだろうなぁ……そう思《おも》っているのもつかのま、ルビィが「ねえ！」とわたしの顔《かお》を両手《りょうて》ではさんだ。プニプニの肉球《にくきゅう》がほっぺをギュムギュムと押《お》す。

わたしはされるがまま。ルビィはキラキラした目《め》で、わたしを見《み》つめて言《い》った。

「憑依《ひょうい》でバレーの試合《しあい》、やってみようよ！　そうしたら千颯《ちはや》に勝《か》てるよ！」

「えー……それってズルじゃ？」

ほっぺたをおさえられても、わたしはツッコミを入《い》れた。

「しかも、憑依《ひょうい》したらルビィの姿《すがた》は見《み》えなくなっちゃうし、なによりルビィとわたしは同《おな》じチームだよ。ひとり足《た》りなくなっちゃうでしょ」

「ハッ！　そうだった……！」

ルビィはわたしのほっぺたから前足《まえあし》をはなすと、なげくように頭《あたま》をかかえた。

まぁ、勝《か》ちたいためにいろいろ考《かんが》えるのは悪《わる》いことじゃない。でも、本当《ほんとう》にこれでいいの？　人《ひと》と争《あらそ》って勝《か》ち取《と》ることって、本当《ほんとう》にいいことなの？

わたしはどうにもモヤモヤしていた。

＊＊＊

そのあと、五時間目《ごじかんめ》の授業《じゅぎょう》はまた三組《さんくみ》との合同体育《ごうどうたいいく》だった。

卯野《うの》さんは相変《あいか》わらずの人気《にんき》と活躍《かつやく》ぶりで、一組女子《いちくみじょし》たちもそのプレースタイルにほわわーんとなっていた。かっこいい男子《だんし》を見《み》るような目《め》で見《み》ている。

たしかに、卯野《うの》さんは女《おんな》の子《こ》だけど、かっこいい。口調《くちょう》も顔立《かおだ》ちもキリッとしていて、中性的《ちゅうせいてき》なかっこよさがある。なにより整《ととの》った顔立《かおだ》ちなので、もし廃部《はいぶ》のことがなければ、わたしもみんなといっしょに、ほわわーんとなっていたかもしれない。

ルビィだけは両手《りょうて》でボールをつぶしながら、みんなとは違《ちが》う熱《あつ》い視線《しせん》を投《な》げている。

「千颯《ちはや》！　勝負《しょうぶ》だよ！」

「ほう、練習試合《れんしゅうじあい》か。悪《わる》くないな」

卯野《うの》さんはニヤリと笑《わら》った。ちょうど二十分《にじゅっぷん》の練習《れんしゅう》が終《お》わったので、いまから試合《しあい》だ。

「さぁ、勝《か》つぞ！」

そのルビィの号令《ごうれい》に、紫春《しはる》ちゃんたちは困《こま》ったようにあとずさる。わたしも同《おな》じく。

「ちょっと、どうしたの、みんな！　こはくまで！」

ルビィがあわてて言《い》うけれど、みんなの気持《きも》ち、わたしにはよくわかる。困惑気味《こんわくぎみ》に笑《わら》う紫春《しはる》ちゃんと愛依《あい》ちゃんを見《み》て、わたしはおずおずと言《い》った。

「ルビィ、みんな卯野《うの》さんのあの強烈《きょうれつ》なアタックを受《う》け止《と》める自信《じしん》がないんだよ……」

「そんなの、ルビィにまかせてよ！」

あぁ、ダメだ。言《い》うことを聞《き》いてくれない。

わたしはあきらめて、みんなに言《い》った。

「みんな、ルビィが受《う》け止《と》めてくれるみたいだから、ひとまずコートに入《はい》ろう」

「う、うん……がんばろうね」

紫春《しはる》ちゃんがこわごわ言《い》う。それからチームメイト全員《ぜんいん》がコートに入《はい》り、わたしたちは卯野《うの》さんチームと対戦《たいせん》した。

ルビィは宣言《せんげん》どおり、ひとりで卯野《うの》さんの強烈《きょうれつ》アタックをネコパンチで受《う》けていた。ほかのみんなはなんとか、パスを回《まわ》したりブロックしたり、必死《ひっし》についていく。わたしもできるかぎりのサポートをした。でも……

「そこまで！　三組《さんくみ》、卯野《うの》チームの勝《か》ち！」

先生《せんせい》の声《こえ》で試合終了《しあいしゅうりょう》が告《つ》げられる。25対《たい》4。完敗《かんぱい》だ。わたしたちはコートに手《て》をついて負《ま》けをみとめた。

「フン。あれだけ大口《おおぐち》たたいて、その体《てい》たらく。大《たい》したことないな」

卯野《うの》さんのつまらなそうな声《こえ》が、わたしたちにつきささる。ルビィは床《ゆか》に寝《ね》そべってしまい、息《いき》を切《き》らして卯野《うの》さんを見《み》あげていた。

「みゃあぁぁー！　くやしぃぃぃぃー！」

ジタバタして泣《な》きわめいてしまうルビィ。これはあとで、ちょっとお話《はなし》しないといけないな……

わたしはルビィを置《お》いて、チームメイトたちといっしょに体育館《たいいくかん》の外《そと》へ出《で》た。体《からだ》の熱《ねつ》を外《そと》に逃《に》がしたい。みんなで手洗《てあら》い場《ば》に行《い》って顔《かお》を洗《あら》った。天気《てんき》はあいにくのくもり空《ぞら》だけど、風《かぜ》がつめたくてちょうどいい。

「はー、気持《きも》ちいいー」

紫春《しはる》ちゃんたちが水《みず》を浴《あ》びながら歓声《かんせい》をあげる。

「白熱《はくねつ》したねぇ。あんな試合《しあい》、はじめてだよ」

「ねー、卯野《うの》さんって本当《ほんとう》に強《つよ》い。どこかの強豪校《きょうごうこう》のチームにいたんじゃないかな」

もりあがるのは卯野《うの》さんの話《はなし》。わたしはみんなに「わたしたちの廃部《はいぶ》がかかってるんだ」とは言《い》えなかった。それもあって、どうにも気持《きも》ちが落《お》ちこんでしまう。

すると、それに気《き》づいたのか愛依《あい》ちゃんが、はげますように言《い》った。

「こはくちゃん、負《ま》けてくやしいのはわかるけど、わたしたちじゃ敵《かな》いっこないよ。猫宮《ねこみや》さんのヤル気《き》をジャマしたくないけどね……」

うん、敵《かな》いっこないっていうのは、わたしも思《おも》う。でも、ルビィはわかってくれない。

廃部《はいぶ》にならないよう作戦《さくせん》を立《た》てたいし、一時的《いちじてき》でいいから勝《か》ち負《ま》け以外《いがい》の方法《ほうほう》に目《め》を向《む》けてほしいよ。どうしたらルビィにわかってもらえるのかな……

すると、体育館《たいいくかん》から生徒《せいと》たちが出《で》てきた。授業《じゅぎょう》が終《お》わったみたい。そのなかには、卯野《うの》さんチームにはいなかった三園《みその》さんがいた。なんだか浮《う》かない顔《かお》をしている。

「あら、佐伯《さえき》さん」

わたしに気《き》づいた三園《みその》さんが顔《かお》をあげて声《こえ》をかけた。その目《め》はいつもの強気《つよき》な目《め》だ。

「残念《ざんねん》だったわねえ。あれだけ試合《しあい》に勝《か》つとか言《い》っておきながら、25対《たい》4ですって？　もうすこし真面目《まじめ》にプレーしたら？　廃部《はいぶ》になっても知《し》らないわよ」

うっ……みんなの前《まえ》でそれを言《い》われるのは、きつい。

案《あん》の定《じょう》、紫春《しはる》ちゃんと愛依《あい》ちゃんも反応《はんのう》する。

「廃部《はいぶ》ってどういうこと？」

「えーっと……卯野《うの》さんたち三組《さんくみ》に勝《か》てなかったら、学校支援部《がっこうしえんぶ》を廃部《はいぶ》に……」

「そういうこと。ま、せいぜいがんばることね」

三園《みその》さんはクスッと笑《わら》うと、後《うし》ろ手《で》を組《く》んで教室《きょうしつ》へ歩《ある》いて行《い》った。

紫春《しはる》ちゃんと愛依《あい》ちゃんが心配《しんぱい》そうに、わたしの肩《かた》に手《て》を置《お》く。すぐに愛依《あい》ちゃんが口《くち》をひらいた。

「あの子《こ》、生徒会書記《せいとかいしょき》の子《こ》だよね。三組《さんくみ》のスーパー書記《しょき》ちゃん」

「成績《せいせき》トップで仕事《しごと》ができるってウワサの……顔《かお》もかわいいし、性格《せいかく》もいいって聞《き》いたけど、あんな風《ふう》に上《うえ》から目線《めせん》で言《い》うタイプだったんだね」

紫春《しはる》ちゃんも、なんだか納得《なっとく》いかない様子《ようす》で言《い》う。

「だって、三組《さんくみ》では人望《じんぼう》もあって、カリスマ的存在《てきそんざい》だって。ちがったかなー？」

「気《き》にしなくていいからね、こはくちゃん。わたしたちもがんばるからさ！」

愛依《あい》ちゃんがビシッと言《い》ってくれ、紫春《しはる》ちゃんが「うんうん」とうなずく。

よかった。ふたりはわたしの味方《みかた》でいてくれるみたい。わたしはホッと安心《あんしん》した。

5．ほたると千颯《ちはや》のナゾ、そして……

そういえばわたし、三園《みその》さんのことなにも知《し》らないな。本当《ほんとう》にあんな風《ふう》にわたしたちをジャマ者《もの》だと思《おも》ってるのかな。なんで対立《たいりつ》しなきゃいけないんだろう？

わたしは人《ひと》と争《あらそ》うことが苦手《にがて》だ。人《ひと》と意見《いけん》がぶつかるのも、正直《しょうじき》こわい。ルビィみたいに直接《ちょくせつ》聞《き》けたら苦労《くろう》しないのに……

『猫宮《ねこみや》さんって、すごく明《あか》るいよね……だれとでも仲《なか》よくできるタイプって感《かん》じ。こはくちゃんと正反対《せいはんたい》』

この前《まえ》、愛依《あい》ちゃんが言《い》っていたことを急《きゅう》に思《おも》い出《だ》す。本当《ほんとう》にそのとおりだ。わたしとルビィは性格《せいかく》が逆《ぎゃく》だ。

「お、こはくー、体育《たいいく》おつかれ～」

教室《きょうしつ》にもどろうと、ろうかを歩《ある》いてると、四組《よんくみ》の前《まえ》で珠莉《じゅり》とバッタリ会《あ》った。

「そういえば、わたしと珠莉《じゅり》も性格《せいかく》が正反対《せいはんたい》だよね」

考《かん》えていた流《なが》れでそう言《い》うと、珠莉《じゅり》は「え？」と首《くび》をかしげた。

「あ、ごめん。なんでもない……」

わたしは笑《わら》ってごまかして、その場《ば》から逃《に》げようとする。

「待《ま》って、こはく。なにかなやみごと？」

珠莉《じゅり》が心配《しんぱい》そうに追《お》いかけてきたので、立《た》ち止《ど》まり、わたしは迷《まよ》いながら言《い》った。

「わたしも珠莉《じゅり》やルビィみたいに、ハッキリ言《い》えたらいいのになぁって思《おも》っただけ。わたしって、こわがりだし、弱虫《よわむし》だから」

「まぁね～、こはくは昔《むかし》からそうだわ。でも、急《きゅう》に怒《おこ》りだすこともあるよね」

「そうだっけ？」

「うん。いつだったかな……うーん、ダメだ。わすれちゃった！」

珠莉《じゅり》は「あはは！」と明《あか》るく笑《わら》った。

「でもまぁ、それでいいんじゃない？　こはくはそのままで」

「それじゃダメなんだよ！」

のんきな珠莉《じゅり》に、つい大声《おおごえ》で言《い》ってしまう。すぐに口《くち》をふさぐと、珠莉《じゅり》がおどろき顔《がお》になり、それからふきだすように笑《わら》った。

「なるほど、こはくはいまの自分《じぶん》のままじゃダメで、わたしや猫宮《ねこみや》さんみたいになりたいわけだ。そうしないといけないことがあるんだね」

うっ……みすかされてる……！

わたしは降参《こうさん》して、ボソボソと言《い》った。

「勝《か》たなきゃいけないの」

「バレーボールで？」

「そう。でも、わたしは争《あらそ》いたくない。人《ひと》とぶつかるのがイヤ。だから、そんなことで勝《か》ち負《ま》けを決《き》めるのは、どうなのかなって思《おも》う」

「スポーツはそういうものでしょ。勝《か》ち負《ま》けにこだわって当然《とうぜん》だよ」

「あ、いや……うーん。それは、そうなんだけど……」

なんて言《い》ったらいいんだろう。こういうとき、うまく口《くち》が回《まわ》らない。

困《こま》っていると、珠莉《じゅり》はあきれた顔《かお》をした。

「よくわかんないけどさー、でも、こはくはバスケ部《ぶ》の試合《しあい》、見《み》にきてくれてたじゃん。助《すけ》っ人《と》だって引《ひ》き受《う》けようとしてくれたし、わたしたちの応援《おうえん》もしてくれる。それは平気《へいき》なんでしょ？」

「それは……」

珠莉《じゅり》と話《はなし》がかみ合《あ》ってないと思《おも》いながらも、わたしはハッとした。

そういえばそうだ。わたしは別《べつ》に、勝負《しょうぶ》がキライなわけじゃない。じゃあ、どうしてルビィを応援《おうえん》できないんだろう？

すると、急《きゅう》にうしろからルビィが走《はし》ってきた。

「おーい、こはくーっ！　なんで先《さき》に行《い》っちゃうのー！」

わたしの背中《せなか》にだきついて言《い》うルビィ。

そのいきおいに、珠莉《じゅり》がおどろいて一歩《いっぽ》引《ひ》いた。時計《とけい》を見《み》て、あわてたように言《い》う。

「あ、もう授業《じゅぎょう》はじまっちゃうよ！　こはく、早《はや》く着《き》がえないと！」

「そうだよ！　こはく、行《い》こう！　じゃあね、珠莉《じゅり》ちゃん！」

ルビィがわたしの腕《うで》を引《ひ》っぱって更衣室《こういしつ》へ行《い》く。「よろしくね～」と珠莉《じゅり》が手《て》をふる様《よう》子《す》が見《み》えるなか、わたしは真剣《しんけん》に考《かんが》えていた。

そうして、六時間目《ろくじかんめ》の授業中《じゅぎょうちゅう》もやっぱり考《かんが》えごとをしていたら、いつの間《ま》にか放課後《ほうかご》になっていた。

「こはく！　今日《きょう》はバレー部《ぶ》の助《すけ》っ人《と》に行《い》くよ！」

ルビィに腕《うで》を引《ひ》っぱられて、ようやく我《われ》に返《かえ》る。いまは部活《ぶかつ》に集中《しゅうちゅう》しなきゃ！

体育館《たいいくかん》へ行《い》き、女子《じょし》バレー部《ぶ》の部長《ぶちょう》、蓮川茅亜《はすかわちあ》先輩《せんぱい》に声《こえ》をかけてみた。活発《かっぱつ》そうに前髪《まえがみ》を結《むす》んだ蓮川先輩《はすかわせんぱい》は、眉毛《まゆげ》をハの字《じ》に曲《ま》げて申《もう》しわけなさそうに言《い》った。

「ごめんねー、生徒会《せいとかい》から助《すけ》っ人《と》を派遣《はけん》されたから、もうまにあってるの」

「またか……！」

ルビィは頭《あたま》をかかえて床《ゆか》に手《て》をついた。コートを見《み》ると、やっぱり卯野《うの》さんが部活生《ぶかつせい》に混《ま》ざって練習《れんしゅう》している。わたしは勇気《ゆうき》を出《だ》して先輩《せんぱい》に話《はなし》をした。

「あの、その生徒会《せいとかい》って、書記《しょき》の三園《みその》さんですか？」

「え？　そうだよ」

予想的中《よそうてきちゅう》だった。今度《こんど》はわたしが頭《あたま》をかかえる。

「そんなわけだから、ごめんね！　また今度《こんど》たのみます！」

「あ、待《ま》って、部長《ぶちょう》さーん！」

ルビィが顔《かお》をあげる。つられてわたしも顔《かお》をあげて、先輩《せんぱい》にもうひとつたずねた。

「それじゃあ、もうひとつだけ。バレー部《ぶ》で困《こま》ったことは起《お》きてませんか？　前《まえ》にサポーターがなくなったとか……」

サポーターというのは選手《せんしゅ》たちのひじや腕《うで》、ひざを守《まも》るガードのこと。これがないと困《こま》ると思《おも》うんだけど……そう思《おも》っていると、蓮川先輩《はすかわせんぱい》は顔《かお》をこわばらせた。

「そうなの！　いったい、だれがかくしたんだろうね。この前《まえ》、消《き》えたと思《おも》ったら体育館《たいいくかん》外《そと》の階段《かいだん》にぜんぶ落《お》ちてたんだよ！　回収《かいしゅう》したけど、今度《こんど》はユニフォームが消《き》えてさー」

そう言《い》う先輩《せんぱい》は迷惑《めいわく》そうに顔《かお》をしかめた。

「そうでしたか。ありがとうございます……」

わたしもなんと言《い》ったらいいかわからず、消《き》え入《い》るように会話《かいわ》を終了《しゅうりょう》させた。

蓮川先輩《はすかわせんぱい》がコートにもどっていき、わたしたちは外《そと》に出《で》る。

体育館《たいいくかん》の外《そと》にサポーターが移動《いどう》していたっていうのは……この辺《へん》かな？

バレー部《ぶ》が練習《れんしゅう》しているエリアの外《そと》で、わたしは「うーん」と考《かんが》える。ルビィはつまらなそうにいじけて、土《つち》をさわってる。

「もう、ルビィ、いつまでいじけて……」

注意《ちゅうい》していると、曲《ま》がり角《かど》の向《む》こう側《がわ》から、ボールを打《う》つようなバシュッという音《おと》が聞《き》こえてきた。

バシュッ！

まただ。なんの音《おと》だろう？　ルビィも丸《まる》い耳《みみ》をピクリと動《うご》かしている。

「こはく」

顔《かお》を見合《みあ》わせて、ゆっくり曲《ま》がり角《かど》へ行《い》く。

見《み》ると、ジャージ姿《すがた》の三園《みその》さんが、バレーボールを壁《かべ》に打《う》ちつけていた。

「え、ほた……もがっ！」

ルビィの口《くち》を思《おも》わずふさぎ、壁《かべ》にかくれる。ルビィはモゴモゴとしてるけど、わたしはじっと耳《みみ》をそばだてて様子《ようす》を見《み》た。

三園《みその》さん、こんなところでなにを……？

すると窓《まど》がガラッと開《ひら》く音《おと》がして、わたしは息《いき》を止《と》めた。三園《みその》さんがいる壁側《かべがわ》の窓《まど》が開《ひら》いたらしい。ルビィの口《くち》をふさいだまま、そっと息《いき》をひそめて見《み》てみる。

「ほたる、君《きみ》はそんなことしなくていいんだって、何度《なんど》言《い》ったらわかるんだ」

「でもっ、わたし……」

「ほたるにケガさせられないんだ。いいかげん言《い》うことを聞《き》いてくれ。わたしの言《い》うとおりにしていれば、だいじょうぶなんだから」

卯野《うの》さんにピシャリと言《い》われ、三園《みその》さんはうつむいた。

「フン、わかったわよ」

その声《こえ》はいつもより弱々《よわよわ》しい。なんだろう。ふたりの様子《ようす》がとても気《き》になる……

もっと前《まえ》のめりになると、ルビィがわたしの手《て》から逃《に》げ出《だ》し、大声《おおごえ》をはりあげた。

「こはく、あぶない！」

ふり返《かえ》るとそこには、たくさんのバレーボールが宙《ちゅう》に浮《う》いて、わたしをねらっているようだった。

すると「きゃっ！」と三園《みその》さんの悲鳴《ひめい》が聞《き》こえる。見《み》ると、三園《みその》さんが持《も》っていたボールがいきなり宙《ちゅう》に飛《と》んで、ねらいを定《さだ》めていた。卯野《うの》さんが窓《まど》から上半身《じょうはんしん》を乗《の》り出《だ》す。

「ほたる！」

同時《どうじ》に、ルビィもするどく叫《さけ》ぶ。

「こはく！」

その瞬間《しゅんかん》、わたしたちをねらうボールが、いっせいにおそいかかってきた。

なにもできず、とっさに目《め》をつむる。ルビィがかばうように、わたしの元《もと》へ走《はし》ってくるけどおそい。

「こはくぅぅーっ！」

「……っ！」

強《つよ》い衝撃《しょうげき》がくるかと思《おも》いきや、ボールの感触《かんしょく》はない。わたしはルビィにおおいかぶさられたかっこうで、その場《ば》にすわりこんでいた。

目《め》を開《あ》けるとボールが空中《くうちゅう》で止《と》まっている。いや、ふるえている。なにかにつかまえられ、動《うご》けなくされたよう。

それから、ボールはフッと姿《すがた》を消《け》した。

第《だい》3話《わ》　これって、ポルターガイスト!?

1．　見《み》えない敵《てき》

「な、なんだったの、いまの……」

しばらくして、わたしはやっとの思《おも》いで言《い》った。ずっとだきついていたルビィも、わたしからゆっくりはなれる。

「ルビィもわかんない……あ、そうだ、ほたると千颯《ちはや》！　だいじょうぶ!?」

そう言《い》って、曲《ま》がり角《かど》の先《さき》にいるふたりの前《まえ》に飛《と》び出《だ》した。わたしもおくれて見《み》る。

三園《みその》さんと卯野《うの》さんもわたしたちのようにだきあったかっこうで、おどろいた顔《かお》をしていた。

「なんとか無事《ぶじ》……みたいだね」

わたしが言《い》うと、ふたりはようやく我《われ》に返《かえ》ったのか、すぐにはなれていつもの調子《ちょうし》で腕《うで》を組《く》んだ。

「あなたたちに心配《しんぱい》されるほどのことじゃないわ」

「そうだとも。ほたるの言《い》うとおり」

「もう！　なんでそんな風《ふう》に言《い》うかなぁ!?　こっちは心配《しんぱい》してるのに！」

ルビィが腰《こし》に手《て》を当《あ》てて言《い》うけれど、ふたりはツーンとするばかり。わたしはルビィの肩《かた》に手《て》を置《お》いて後《うし》ろに下《さ》がらせた。

「あの……ふたりもさっきのボール、見《み》たよね？　おそわれそうになったけど……」

「それがなに？」

すぐさま三園《みその》さんが聞《き》く。ひるみそうになり、胸元《むなもと》の琥珀石《こはくいし》を服《ふく》の上《うえ》からにぎった。勇《ゆう》気《き》を出《だ》して言《い》う。

「なにって、えーっと……どう考《かんが》えてもふつうじゃないよね。あれって、ここ最近《さいきん》、運動《うんどう》部《ぶ》がなやんでる『おばけ』なのかなぁって思《おも》うんだけど」

わたしもルビィみたいに負《ま》けたくない。珠莉《じゅり》と話《はな》して気《き》づいたその気持《きも》ちもあったけど、あの恐怖《きょうふ》のせいか、ふたりにたしかめたかった。あれをあなたも見《み》たよね、って。

すると、ふたりはそろって困《こま》った顔《かお》になった。三園《みその》さんが首《くび》をかしげて聞《き》く。

「仮《かり》にそうだとして、佐伯《さえき》さん、あなたはなにが言《い》いたいわけ？」

「うっ……うーん。なにが言《い》いたいかって言《い》われると、わからないけど……」

ダメだ。うまく言葉《ことば》にできない。わたしはだんだん自信《じしん》をなくし、うつむいた。

すると、ルビィが前《まえ》へ出《で》てきて言《い》う。

「だからね、あの『おばけ』をルビィたちでやっつけるから安心《あんしん》してねって、こはくは言《い》いたいの！　ね、こはく！」

「え？　うん、そう！」

ルビィの言葉《ことば》に背中《せなか》を押《お》され、わたしはうなずいた。これに三園《みその》さんたちが、ふきだして笑《わら》う。

「ふふっ、なによそれ。そんなことで『おばけ』を倒《たお》せるの？」

うぅ……わたしもそう思《おも》う。見《み》えない敵《てき》と、どうやって戦《たたか》うっていうの？

三園《みその》さんは髪《かみ》を耳《みみ》にかけながら、強気《つよき》な態度《たいど》でなおも言《い》った。

「『おばけ』ねぇ……もしそうだとして、あなたたちがどうやって倒《たお》すのか見《み》ものね」

三園《みその》さんの挑発的《ちょうはってき》な言葉《ことば》に、ルビィが「んみゅぅ！」と怒《おこ》った声《こえ》でうなる。

すると卯野《うの》さんも、ひややかにわたしたちを見下《みお》ろして鼻《はな》で笑《わら》った。

「お手並《てな》み拝見《はいけん》だな」

ふたりは体育館裏《たいいくかんうら》から去《さ》っていく。その背中《せなか》に向《む》かって、ルビィが叫《さけ》んだ。

「望《のぞ》むところだよ！」

顔《かお》を真《ま》っ赤《か》にして怒《おこ》るルビィがあばれないよう、わたしはとっさに止《と》めた。

＊＊＊

部室《ぶしつ》にもどり、先《さき》に休《やす》んでいた海《まりん》くんにぜんぶ話《はな》した。ターちゃんが翼《つばさ》でルビィの顔《かお》をあおいでくれたので、ルビィの怒《いか》りもすこし落《お》ちつく。

「そいつは大変《たいへん》だったな」

海《まりん》くんは、あっけにとられた顔《かお》で言《い》った。

「ついに正体《しょうたい》をあらわしたか……『おばけ』って、どんなヤツだったんだ？」

「だから見《み》えないんだってば！　ルビィの目《め》でも見《み》えなかったの！」

ルビィがつくえをたたくと、そのいきおいに海《まりん》くんは肩《かた》をビクッとふるわせた。

「おいおい、守護霊《しゅごれい》みならいに見《み》えないって、そんなのオレらにも見《み》えるわけねぇじゃん。どうすんだよ」

海《まりん》くんが言《い》うことはもっともだけど、敵《てき》の正体《しょうたい》を知《し》らなくてはなにもできない。

「まずはあれがなんなのか、調《しら》べなきゃだよね」

そう言《い》うと、ルビィがイスにストンとすわりながらきっぱりと言《い》った。

「決《き》まってる。あれはきっと、ポルターガイストだよ！」

「ポルターガイスト？」

わたしと海《まりん》くんはそろって首《くび》をかしげる。ターちゃんがルビィに聞《き》いた。

「ポルターガイストって、さわがしい霊《れい》のこと？　霊界《れいかい》で習《なら》った？」

「そう、ターちゃんの言《い》うとおり。ポルターガイストは、いたずらが大好《だいす》きで、人間《にんげん》を困《こま》らせる悪霊《あくりょう》なの！」

「悪霊《あくりょう》!?」

わたしは思《おも》わず大声《おおごえ》で叫《さけ》んだ。すぐにムーンライトを思《おも》い出《だ》す。

ムーンライトは真《ま》っ黒《くろ》な闇《やみ》を生《う》み出《だ》して、わたしたちにおそいかかった。あのときのおそろしさを思《おも》い出《だ》すと、うろたえてしまう。

「そんなものが、どうして学校《がっこう》に……」

「ポルターガイストは、ムーンライトみたいに強《つよ》い悪霊《あくりょう》じゃないよ！」

すぐにルビィが言《い》うので、わたしはすこし落《お》ちついた。

「ただ、悪霊《あくりょう》は人間《にんげん》を困《こま》らせる……それは悪夢《あくむ》を見《み》せたり、ケガをさせたりするんだよね。今回《こんかい》は人間《にんげん》にケガをさせる悪霊《あくりょう》なんだよ」

「それでムーンライトよりも弱《よわ》いの？　目《め》に見《み》えないのに？」

「そこが、やっかいなんだよねー」

ルビィは腕《うで》を組《く》み、けわしい顔《かお》つきになる。すると、ターちゃんがつくえに降《お》り立《た》ち、わたしたちを見《み》あげながら言《い》った。

「実《じつ》は、霊界《れいかい》でもポルターガイストの正体《しょうたい》がよくわかってないみたいなんだ」

シュンとするターちゃんの頭《あたま》を海《まりん》くんがなでる。そして、力強《ちからづよ》く言《い》った。

「とりあえず、そのふざけた悪霊《あくりょう》を倒《たお》しゃいいんだろ。今度《こんど》はオレたちで見《み》つけよう！なぁ、ター？」

「えぇー！　やだよ！　ボク、平和《へいわ》に安全《あんぜん》に合格《ごうかく》したいのに！」

海《まりん》くんのヤル気《き》とは反対《はんたい》に、ターちゃんは情《なさ》けなく言《い》う。でも、わたしもターちゃんに賛成《さんせい》だ。あぶないことはしたくない。でも、みんなのことも心配《しんぱい》だし……。

「とにかく！　このことは一度《いちど》、ベリル先生《せんせい》に言《い》っとこう！」

ルビィがまとめるように言《い》う。その顔《かお》はなぜか青《あお》ざめていた。

「でないと、また怒《おこ》られちゃうよぉ……」

それはそうだね……。

前回《ぜんかい》、ムーンライトを倒《たお》すとき、ベリル先生《せんせい》に連絡《れんらく》できなかっ

たから、とても怒《おこ》られたらしい。そのことを思《おも》い出《だ》したのか、ルビィはブルブルふるえる。

ひとまず、ルビィに霊界《れいかい》への連絡《れんらく》をまかせることにしたけど……見《み》えない敵《てき》を相手《あいて》に、どうしたらいいんだろう……？

それからルビィはわたしの琥珀石《こはくいし》を借《か》りてベリル先生《せんせい》に報告《ほうこく》した。そのあいだ、わたしと海《まりん》くんは帰《かえ》りじたくをする。

「こはく、あんまりムリすんなよ」

急《きゅう》に海《まりん》くんがそう言《い》うので、わたしはキョトンとした。

「どうして？」

「だっておまえ、ずっと表情《ひょうじょう》が暗《くら》いぞ」

海《まりん》くんがぶっきらぼうに言《い》って、顔《かお》をのぞきこんでくる。わたしはドキッとしてしまい、思《おも》わず目《め》をそらした。

「え……そう、かな？」

「そうだよ。おまえ、そんなふうにウジウジするタイプじゃねぇだろ。オレにガツンと言《い》ってた、あの態度《たいど》はどうしたんだ」

海《まりん》くんは心底《しんそこ》フシギそうに言《い》う。なんだか心外《しんがい》なので、わたしはムッと顔《かお》をしかめた。

「わたしはウジウジするタイプなんです！」

大《おお》きく声《こえ》を出《だ》すと、海《まりん》くんは「うおっ」とおどろく、それからなぜか笑《わら》った。

「いつものこはくにもどったな」

「……もどってません！」

思《おも》わずバッグをふりかぶると、海《まりん》くんはケラケラ笑《わら》いながら、部室《ぶしつ》のドアを開《あ》けた。夕ーちゃんもスイっと飛《と》んで、海《まりん》くんの頭《あたま》に乗《の》る。

「じゃあな〜、また明日《あした》！」

ふたりは部室《ぶしつ》から出《で》ていった。まったくもう、こんなときにふざけるんだから……

外《そと》では学校《がっこう》のチャイムが十七時《じゅうななじ》を告《つ》げる。わたしもそろそろ家《いえ》に帰《かえ》らなきゃ。

「ルビィ、帰《かえ》ろう」

声《こえ》をかけると、ちょうど通話《つうわ》を終《お》わらせたルビィが、おどろいた声《こえ》を出《だ》す。

「なに言《い》ってるの！　いまからポルターガイストを追《お》わなくちゃ！」

えぇー!?　いまから追《お》いかけるなんて、無茶言《むちゃい》わないで！

わたしはあきれてしまい、ルビィの手《て》をにぎって部室《ぶしつ》を出《で》た。

「もう帰《かえ》る時間《じかん》なの！　早《はや》く帰《かえ》らないと、お父《とう》さんたちが心配《しんぱい》するでしょ！」

＊＊＊

なんとかルビィを説得《せっとく》した。家《いえ》につく前《まえ》にルビィはネコの姿《すがた》にもどる。

その道中《どうちゅう》、ルビィはずっと頬《ほお》をふくらませて、ムスッとしていた。

わたしはどうしたらいいかわからず、だまって歩《ある》く。ルビィがわたしの肩《かた》に乗《の》って、だまったまんまのことって、眠《ねむ》る以外《いがい》にないから……

「ただいま」

家《いえ》に帰《かえ》ると、お父《とう》さんたちがお店《みせ》を閉《し》めようとしていた。

「おかえり、こはく」

「すぐにごはんのしたくするからねー」

お母《かあ》さんがいそいでキッチンへ向《む》かう。お父《とう》さんはレジのお金《かね》を出《だ》して計算《けいさん》していた。

わたしは「はーい」と返事《へんじ》して自分《じぶん》の部屋《へや》へ行《い》き、深《ふか》いため息《いき》をついた。

スマートフォンを出《だ》すと、光《らいと》くんからメッセージがとどいている。

【今日《きょう》も部活《ぶかつ》に行《い》けなくてごめん】

そんな言葉《ことば》が通知《つうち》に出《で》て、わたしはまた、ため息《いき》をついた。ルビィを見《み》る。

「……ルビィ？」

声《こえ》をかけてみると、ルビィはピョンッとベッドに飛《と》び乗《の》って、ふてくされたように横《よこ》たわった。

「ルビィ、怒《おこ》ってるの？」

聞《き》くと、ルビィは耳《みみ》をパタパタッと細《こま》かく動《うご》かし、しっぽをふる。すねてるサインだ。

「しょうがないでしょ。わたしは人間《にんげん》の中学生《ちゅうがくせい》。時間《じかん》になったら帰《かえ》らなきゃいけないし」

「…………」

「それに、いまのルビィは学校《がっこう》では人間《にんげん》でしょ？　それならわたしたちのルールをわかってくれなきゃ……」

するとルビィはわたしに背《せ》を向《む》けて、横《よこ》たわったまま言《い》った。

「ルビィ、まだ親愛《しんあい》のカケラを集《あつ》められてない」

「え？　……うん」

「ほたると千颯《ちはや》のせいで、うまくいかない。でもね、それよりルビィがイヤなのは……」

ルビィはすこし考《かんが》えるようにだまる。息《いき》を吸《す》うと、思《おも》い切《き》ったように言《い》った。

「こはくが逃《に》げてるのが、イヤ！」

「わたしが、逃《に》げてる？」

心臓《しんぞう》がドキッとして、とっさに言《い》い返《かえ》す。そんなわたしをふり返《かえ》って見《み》るルビィの目《め》は、なんだか悲《かな》しそうだった。すぐに目《め》をそらして、またしっぽをふる。

「ルビィはがんばってるよ。みんなに話《はなし》を聞《き》きに行《い》ってるし、みんなのなやみを解決《かいけつ》したい。それに、ほたるたちに勝《か》ちたい！　それなのに……こはくがそんなじゃ、たよりなくて困《こま》っちゃうよ」

そんな……

ルビィの言葉《ことば》がつきささり、わたしは言葉《ことば》を失《うしな》った。

2. わたしの気持《きも》ちは

けっきょく、昨日《きのう》はなにも言《い》えずに時間《じかん》だけが過《す》ぎていった。

ルビィが「たよりない」って言《い》うなら、そうなんだろう。

でも、わたしだってがんばってる。それはぜんぜん伝《つた》わってないみたい……

朝《あさ》のしたくをしていると、ルビィは昨日《きのう》のことを気《き》にしてないようで、朝起《あさお》きてすぐわたしの頬《ほお》にスリスリした。

「おっはよー！」

「おはよう……」

うーん、スッキリしない。でも、ルビィの前《まえ》で暗《くら》い顔《かお》してたら、また「たよりない」って言《い》われちゃうよね。

わたしはこのモヤモヤを無視《むし》することにし、学校《がっこう》へ向《む》かった。

授業《じゅぎょう》を受《う》けて、友《とも》だちと話《はな》して、昼休《ひるやす》みはポルターガイストのことを調《しら》べに走《はし》って……

でもこういうときにかぎって、ポルターガイストは出《で》てきてくれない。

それは放課後《ほうかご》も同《おな》じで、探《さが》しつかれたわたしたちは体育館裏《たいいくかんうら》で肩《かた》を落《お》としていた。

「みゃーん！　本当《ほんとう》にやっかいな悪霊《あくりょう》だよー！」

ルビィが頭《あたま》をわしゃわしゃかきながら、空《そら》に向《む》かって絶叫《ぜっきょう》する。

「ベリル先生《せんせい》からは、見《み》つけたら封印《ふういん》してって言《い》われたけど……！　そりゃ、一次試験突破《いちじしけんとっぱ》した守護霊《しゅごれい》みならいも封印《ふういん》できるよ！　でもさ、見《み》えないんだもん！」

どうもポルターガイストは低級霊《ていきゅうれい》で、守護霊《しゅごれい》みならいでも封印《ふういん》ができるんだって。ちなみに霊界《れいかい》からも守護霊《しゅごれい》が見守《みまも》ってくれてるらしいけど、ぜんぜんそんな感《かん》じがしない。

海《まりん》くんたちも、見《み》つけられてないみたいで、スマートフォンの通知《つうち》は鳴《な》らない。「見《み》つけたら、トークアプリで報告《ほうこく》してね」って言《い》ってある。海《まりん》くんも苦戦《くせん》してるんだろう。

「そういえば、最近《さいきん》、光《らいと》くんに会《あ》えないねー」

ルビィが話《はなし》を変《か》える。わたしはぼんやりと、うわのそらで返事《へんじ》した。

「そうだね……生徒会《せいとかい》のお仕事《しごと》がいそがしいみたいだよ」

実《じつ》は毎夜《まいよ》、光《らいと》くんからお詫《わ》びのメッセージがとどいてるんだよね。昨日《きのう》のもそうで、部活《ぶかつ》に顔《かお》を出《だ》せないことをうしろめたく思《おも》ってるみたい。

三園《みその》さんが支援部《しえんぶ》にちょっかいをかけないように見張《みは》るというミッションがあるから、

なかなかこっちにこられないんだよね。光《らいと》くん、ムリしてなきゃいいけど。

トークアプリではなかなか話《はな》すことができないし、教室《きょうしつ》に行《い》くのは気《き》が引《ひ》けるし……

あーあ、わたしは弱虫《よわむし》だな。友《とも》だちや先生《せんせい》のなやみを解決《かいけつ》することは、そうむずかしくないのに、自分《じぶん》の気持《きも》ちを解《と》き明《あ》かすのがむずかしい。

それにわたしが弱虫《よわむし》だから、ルビィの役《やく》に立《た》てないし、たよりないんだろうな。

わたし、ルビィのサポーターでいる資格《しかく》、あるのかな……

そんなことをぼんやり考《かんが》えていると、急《きゅう》に周囲《しゅうい》がざわついた。体育館《たいいくかん》から「キャーッ！」という女子《じょし》の悲鳴《ひめい》が聞《き》こえ、ルビィが丸《まる》い耳《みみ》をピクリと動《うご》かす。

「いまの！」

すぐに窓《まど》から中《なか》を見《み》ると、部活中《ぶかつちゅう》の女子《じょし》バスケ部《ぶ》が外《そと》へ逃《に》げ出《だ》していた。

「みんな、早《はや》く外《そと》に出《で》て！　一年生《いちねんせい》、いそいで！」

部長《ぶちょう》の種島咲楼《たねしまさくら》先輩《せんぱい》が部員《ぶいん》たちを誘導《ゆうどう》している。腰《こし》が抜《ぬ》けた一年生《いちねんせい》の女《おんな》の子《こ》を珠莉《じゅり》が引《ひ》っぱっているのが見《み》えた。

そのふたりの頭上《ずじょう》には、バスケットボールがグルグルと超高速《ちょうこうそく》で回転《かいてん》している。助走《じょそう》をつけて、いまにもおそいかかろうとねらってるようだった。

「珠莉《じゅり》！　あぶない！」

わたしはとっさに声《こえ》をあげた。ルビィもあわてて言《い》う。

「こはく、憑依《ひょうい》しよう！」

わたしは言《い》われるまま、ルビィが出《だ》す羽《は》うちわを取《と》って念《ねん》じた。

――珠莉《じゅり》たちを守《まも》りたい！

すぐに憑依《ひょうい》でき、体《からだ》がポカポカする感覚《かんかく》に慣《な》れてくる。いそいで体育館《たいいくかん》へ飛《と》びこんだ。

――こはく、ジャンプして！

「うん！」

ルビィの声《こえ》で、わたしは足《あし》をふみ出《だ》して高《たか》くジャンプする。

いまにもおそいかかりそうなボールをパンチして、そのまま天井《てんじょう》の梁《はり》に着地《ちゃくち》する。ボールはいきおいをなくして、床《ゆか》に落《お》ちるとバウンドした。

これに気《き》づいた珠莉《じゅり》が困惑《こんわく》の声《こえ》をあげる。

「え、なにが起《お》きたの……えぇい、どうでもいいや！　いまのうちに逃《に》げよう！」

珠莉《じゅり》が一年生《いちねんせい》をかかえながら、体育館《たいいくかん》の外《そと》へ出《で》ていく。どうも珠莉《じゅり》は、わたしの姿《すがた》が見《み》えなかったみたいでホッとする。

——こはく！　ボーッとしないで！

ルビィの声《こえ》がひびき、ハッとする。ボールが超高速《ちょうこうそく》で回転《かいてん》し、わたしめがけて飛《と》んでくる。ねらいは外《はず》れたけど、ボールがいきおいよく梁《はり》にぶつかり、わたしは思《おも》わずあとずさった。でも、足場《あしば》がない。せまい梁《はり》の上《うえ》にいたことをすっかりわすれていた。

「お、落《お》ちるっ！」

ズルッと足《あし》がすべり、体《からだ》がうしろにかたむく。

——こはく！　目《め》を開《あ》けて！

ルビィがあわてたように叫《さけ》ぶ。わたしはこわくて目《め》が開《あ》けられない。

すると、体《からだ》が勝手《かって》に動《うご》いた。わたしの中《なか》にいるルビィが体《からだ》をクルンと一回転《いちかいてん》させ、軽《かろ》やかに着地《ちゃくち》する。そのおかげで、床《ゆか》にたたきつけられずに済《す》んだ。

それでもボールは止《と》まらない。ふり返《かえ》ったら、ボールがすごいいきおいで飛《と》んできた。頭《あたま》にぶつかる……！　そう思《おも》った瞬間《しゅんかん》だった。

わたしは顔《かお》を守《まも》ろうと、腕《うで》をあげていた。目《め》を開《あ》ける。ボールがまた、なにかにはばまれたように動《うご》きを止《と》めている。

そして、ボールは空中《くうちゅう》で止《と》まったまま、シャッと消《き》えた。

わたしは腰《こし》が抜《ぬ》け、その場《ば》にしゃがむ。すると、急《きゅう》にルビィがわたしから飛《と》び出《だ》した。

「うみゃっ！　なんで!?　体《からだ》から追《お》い出《だ》されちゃったよ！」

わたしはなにも言《い》えず、心臓《しんぞう》がバクバクしてて、はじめて憑依《ひょうい》したみたいに心《こころ》が落《お》ちつかない。

こわかった。いつもなら憑依《ひょうい》も平気《へいき》なのに、今日《きょう》はどうしてか気持《きも》ちが不安定《ふあんてい》だった。いつのまにか手《て》がふるえている。それをルビィも気《き》づいたのか、困《こま》ったような顔《かお》をした。

「あのね、こはく。憑依《ひょうい》は心《こころ》をひとつにしなきゃできないの。こはくとルビィの気持《きも》ちがそろわないと、うまくいかないんだよ」

だから、勝手《かって》に憑依《ひょうい》が解《と》けたんだ……

「こはくが〝こわい〟って思《おも》ったら、その気持《きも》ちが強《つよ》くて動《うご》きもにぶっちゃう。ルビィがついてるからこわくないよ。大丈夫《だいじょうぶ》だから！」

ルビィはわたしの手《て》をギュッとにぎって言《い》う。

「ルビィのサポーターとして、もうすこしがんばってよ。ね、こはく」

――こはくがそんなじゃ、たよりなくて困《こま》っちゃうよ。

昨日《きのう》言《い》われた言葉《ことば》が急《きゅう》に頭《あたま》の中《なか》をよぎり、ついルビィの手《て》をはらいのけた。

「ル、ルビィは……」

思《おも》わず声《こえ》が出《で》る。頭《あたま》が真《ま》っ白《しろ》なのに、言葉《ことば》が飛《と》び出《だ》していく。

「ルビィは自分勝手《じぶんかって》だよ！」

「え？　どういうこと？」

首《くび》をかしげるルビィ。わたしは心《こころ》のモヤモヤを一気《いっき》にはきだした。

「親愛《しんあい》のカケラとか、みんなのためとか言《い》うけど、じゃあわたしの気持《きも》ちは？　わたしがどれだけこわかったか、ルビィはわかってくれない！」

わたしがサポーターとして、たよりないことはわかってる。でも……！

「ルビィ、わたしの言《い》うこと、ひとつも聞《き》いてくれないよね！　勝《か》ちたいって、そればっかり！　そんなんじゃ、立派《りっぱ》な守護霊《しゅごれい》になれないよ！」

一気《いっき》に言《い》ったからか息《いき》が切《き》れる。体育館《たいいくかん》に残《のこ》るわたしの怒鳴《どな》り声《ごえ》がやんだあと、痛々《いたいた》しい、しずかな空気《くうき》になった。

ルビィは目《め》を大《おお》きく見開《みひら》かせてわたしを見《み》ると、じわじわ涙《なみだ》を浮《う》かべる。でも、すぐに頭《あたま》をふって涙《なみだ》をふき飛《と》ばすと、怒《おこ》ったように眉間《みけん》にしわをよせた。

「そんなに怒《おこ》らないでよ！　こはくのバカ！」

「なっ、バカって……なによ、ルビィのアホ！」

「アホ!?　ひ、ひどい！　こはくなんか、もう知《し》らない！」

そう言《い》うと、ルビィは体育館《たいいくかん》から走《はし》り去《さ》っていった。

感情《かんじょう》が熱《ねつ》を持《も》つようで、胸《むね》の内側《うちがわ》がグルグルして気持《きも》ち悪《わる》い。そして、急激《きゅうげき》な眠気《ねむけ》におそわれた。

「うっ……憑依《ひょうい》のせいだ。もう、ルビィのバカ……！」

フラフラの足《あし》で体育館《たいいくかん》を出《で》る。心《こころ》がそろってない憑依《ひょうい》は、きっとひどくつかれちゃうんだろう。まぶたが重《おも》い。でも、帰《かえ》らなきゃ……

ボーッとしながら中庭《なかにわ》を歩《ある》いていると、なにもないところでふらりと体《からだ》がよろめいた。

そんなわたしを、うしろからだれかが支《ささ》える。おぼろげな視界《しかい》に映《うつ》るのは、銀色《ぎんいろ》の三日《みか》月《づき》……？

「だいじょうぶ？　こはくちゃん」

その声《こえ》で目《め》を開《あ》けると、光《らいと》くんの心配《しんぱい》そうな顔《かお》があった。三日月《みかづき》は気《き》のせいかも。

「具合《ぐあい》が悪《わる》い？　保健室《ほけんしつ》に行《い》ける？　あぁ、でもご両親《りょうしん》に連絡《れんらく》したほうがいいかな……」

心配《しんぱい》してオロオロする光《らいと》くんの顔《かお》が近《ちか》い。ん？　わたし、いまどういう状況《じょうきょう》？

どうも光《らいと》くんはわたしをだきとめるかっこうで、わたしは光《らいと》くんの胸《むね》にすっぽりおさまっていて……ちょっと、待《ま》って！

「だ、だいじょうぶだよ！　平気《へいき》だから！」

ぐいっと光《らいと》くんの体《からだ》を押《お》してはなれる。でも、わたしの足《あし》は言《い》うことをきかない。すぐにバランスをくずし、やっぱり光《らいと》くんに支《ささ》えてもらうことになった。

「ムリしないで……あ、勝手《かって》にふれてごめん。でも支《ささ》えないと、こはくちゃんが倒《たお》れちゃうし、どうしよう」

あぁ、限界《げんかい》だ。わたしはもうムリに体《からだ》を動《うご》かすことをやめて、光《らいと》くんによりかかった。

「ごめんね。このままでいてもいい？」

そう聞《き》くと、光《らいと》くんはわたしを見《み》て、しっかりと引《ひ》きよせた。

「うん、いいよ」

光《らいと》くんの体温《たいおん》を感《かん》じる。耳《みみ》にとどくのは、光《らいと》くんのすこし早《はや》い心音《しんおん》。

その音《おと》が心地《ここち》よくて、あたたかくて、眠気《ねむけ》が——

3．光《らいと》のヒミツ

「光《らいと》くん、ごめんね」

そう言《い》うと、こはくちゃんは眠《ねむ》ってしまった。

「どうしよう……」

あたりを見回《みまわ》すと、近《ちか》くにフジが植《う》えられている庭園《ていえん》と、すみっこの死角《しかく》にベンチがある。ここがひとけのないところでよかった。でないと、起《お》きたこはくちゃんが、また気《き》にしてしまうだろうし……こはくちゃんは僕《ぼく》といっしょにいることをイヤがるから。

でも、僕《ぼく》はこはくちゃんを守《まも》りたいんだ。

この前《まえ》も、そして今日《きょう》も、あの見《み》えない悪霊《あくりょう》におそわれていたし、僕《ぼく》が止《と》めなければひどいケガをするところだったろう。

こはくちゃんをベンチにすわらせると、深《ふか》く眠《ねむ》ってるからか頭《あたま》がすぐにかたむく。

僕《ぼく》はあわてて自分《じぶん》の肩《かた》で、こはくちゃんの頭《あたま》を支《ささ》えた。

「……君《きみ》が心配《しんぱい》だよ、こはくちゃん」

ルビィちゃんとの憑依《ひょうい》は人間《にんげん》の体力《たいりょく》をものすごく消耗《しょうもう》させるらしいことは、ベリル先生《せんせい》から聞《き》いて知《し》っている。だから、本当《ほんとう》はあまり憑依《ひょうい》しないでほしいんだけど……ルビィちゃんの試験《しけん》をジャマするわけにもいかないから、陰《かげ》から見守《みまも》ることにしたんだ。

僕《ぼく》はズボンのポケットから、半透明《はんとうめい》の青《あお》い宝石《ほうせき》がついたストラップを出《だ》した。すきとおったヒカリを放《はな》つブルーベリルという宝石《ほうせき》は、ベリル先生《せんせい》からもらったもの。

じっと宝石《ほうせき》を見《み》つめていると、急《きゅう》にはげしい横風《よこかぜ》がふいてきた。だんだん強《つよ》くなっていき、砂《すな》ぼこりが立《た》つ。

「うわっ」

とっさに、こはくちゃんを守《まも》ろうとおおいかぶさる。

風《かぜ》のうずがフジをちぎるように引《ひ》っぱった。地面《じめん》に転《ころ》がっていた石《いし》がふるえ、宙《ちゅう》に浮《う》きあがると、まるで僕《ぼく》をにらむようにねらいを定《さだ》めてくる。

見《み》えない悪霊《あくりょう》だ！

「またか。僕《ぼく》に仕返《しかえ》ししにきたのか？　それとも、こはくちゃんをねらってる？」

聞《き》いても、見《み》えない悪霊《あくりょう》はなにも答《こた》えない。

僕《ぼく》はこはくちゃんをベンチに寝《ね》かせ、ゆっくり立《た》ちあがった。持《も》っていたブルーベリルをギュッとにぎりしめる。

宝石《ほうせき》から力《ちから》があふれるようにヒカリがほとばしり、僕《ぼく》は怪盗《かいとう》ムーンに変身《へんしん》した。

「さぁ、かかってこい。返《かえ》り討《う》ちにしてやる」

すかさず石《いし》が飛《と》んできた。マントをひるがえし、石《いし》をはじく。

「ははっ、何度《なんど》やっても同《おな》じことだ。オレの力《ちから》にかなうものか」

銀色《ぎんいろ》の仮面《かめん》越《ご》しに風《かぜ》をにらむ。悪霊《あくりょう》は怒《おこ》ったのか、コンクリートブロックを浮《う》かせて、いきおいよくおそいかかってきた。

「おっと」

指《ゆび》をパチンと鳴《な》らし、ブロックの動《うご》きを止《と》める。

「やれやれ……おまえの動《うご》きはいつも同《おな》じだな。すこしは学習《がくしゅう》したらどうだ？」

ククッと思《おも》わず笑《わら》いがもれる。そして顔《かお》をあげ、ひややかにブロックを見《み》つめた。

腕《うで》をのばし、手《て》のひらを広《ひろ》げて、にぎりつぶすような仕草《しぐさ》をする。ブロックを盗《ぬす》む——

そんなイメージをすると、ブロックが空中《くうちゅう》からパッと消《き》える。

悪霊《あくりょう》はくやしそうに小《ちい》さな風《かぜ》を起《お》こすと、やがて気配《けはい》を消《け》した。

「逃《に》げたか……まぁいい。どうせまたくるだろう」

見《み》えない悪霊《あくりょう》——ここ最近《さいきん》、学校《がっこう》でさわぎを起《お》こしている正体不明《しょうたいふめい》の存在《そんざい》。何度《なんど》も生《せい》徒《と》たちをおそっているのを目撃《もくげき》し、そのたびに阻止《そし》してきた。

仮面《かめん》を取《と》ると変身《へんしん》が解《と》ける。同時《どうじ》に、心《こころ》にたまっていたなにかがスッと消《き》えていく感覚《かんかく》があった。

力《ちから》というのは、使《つか》いようによっては毒《どく》にも薬《くすり》にもなるという。この力《ちから》を使《つか》うことで、僕《ぼく》のストレスは消《き》えていくようだ。ブルーベリルが浄化《じょうか》しているかららしい。

本当《ほんとう》なら時間《じかん》を置《お》いて定期的《ていきてき》に使《つか》うはずが、ここ最近《さいきん》は悪霊《あくりょう》のせいでひんぱんに使《つか》っている。部活《ぶかつ》に顔《かお》を出《だ》せないのは、実《じつ》はそのせい。

「こはくちゃんは……よかった、無事《ぶじ》だ」

ベンチにいるこはくちゃんは、ぐっすり眠《ねむ》っている。僕《ぼく》はホッと胸《むね》をなでおろした。ブルーベリルをポケットにしまう。

それにしても怪盗《かいとう》ムーンの僕《ぼく》と、ふだんの僕《ぼく》は正反対《せいはんたい》の性格《せいかく》だ。でも、どちらも僕《ぼく》なんだ。ムーンライトに支配《しはい》されていた以前《いぜん》の僕《ぼく》ではない。

そもそも僕《ぼく》は、ムーンライトに憑依《ひょうい》されていた時期《じき》が長《なが》すぎて、すこしだけその後遺症《こういしょう》がある。そのことを告《つ》げられたときを思《おも》い出《だ》した。

『悪霊《あくりょう》の影響《えいきょう》を受《う》けやすくなったのかもしれませんね……』

ひどく寝《ね》こんでいるとき、ベリル先生《せんせい》がそう言《い》った。どうも僕《ぼく》は、とても弱《よわ》い悪霊《あくりょう》の邪気《じゃき》にも強《つよ》く影響《えいきょう》を受《う》けてしまい、体《からだ》をこわしやすくなったそうだ。

頭《あたま》が痛《いた》くなったり、お腹《なか》が痛《いた》くなったりすることもあるけど、一番《いちばん》なやんだのは気分《きぶん》が落《お》ちこむこと。いわゆるストレスが心《こころ》にたまると気分《きぶん》が落《お》ちこんでしまう。そうなると、どんどん悪霊《あくりょう》を引《ひ》きよせてしまい、またムーンライトに支配《しはい》されたようになってしまうんだ。なかなか回復《かいふく》しない僕《ぼく》を、ベリル先生《せんせい》は困《こま》った顔《かお》で見《み》ていた。

『光《らいと》くんは怪盗《かいとう》ムーンに変身《へんしん》するとき、どんな気分《きぶん》でした？』

急《きゅう》にそんな質問《しつもん》をされ、今度《こんど》は僕《ぼく》が困《こま》った。

どんな気分《きぶん》……それはとてもつめたくて、自分《じぶん》が自分《じぶん》じゃなくなるような感覚《かんかく》だった。重《おも》くて、体《からだ》がいつもつかれているような。そして、感情《かんじょう》もつめたい氷《こおり》のようになっていたと思《おも》う。

『それはムーンライトが君《きみ》の魂《たましい》によって力《ちから》が強《つよ》くなったときのことです。君《きみ》がムーンライトを受《う》け入《い》れた日《ひ》のことを、思《おも》い出《だ》してみてください』

ベリル先生《せんせい》は、僕《ぼく》の頭《あたま》の中《なか》を見《み》すかすように言《い》った。

あいつに出会《であ》ったとき……月色《げっしょく》の宝石《ほうせき》のリングから、黒《くろ》い犬《いぬ》が出《で》てきて……あいつはやさしく、僕《ぼく》によりそってくれた。

――このオレが、おまえの願《ねが》いを叶《かな》えてやろう。

そう言《い》って、あいつは僕《ぼく》の体《からだ》に入《はい》りこんで……そうだ、自分《じぶん》はなんでもできるような、フシギな力《ちから》がわいたんだ。

『いままであったなやみが急激《きゅうげき》になくなって、頭《あたま》の中《なか》がさわやかになった、かも』

『なるほど……つまり君《きみ》は、もともとストレスをためやすい性格《せいかく》なんですね』

僕《ぼく》の説明《せつめい》に、ベリル先生《せんせい》はあっさりと言《い》った。

『それならば、もう一度《いちど》、怪盗《かいとう》ムーンになってみるのはどうでしょう？』

『え？　でも、それは……』

むちゃくちゃな提案《ていあん》だよ！　そう思《おも》って身《み》を乗《の》り出《だ》したけど、ベリル先生《せんせい》は笑《わら》いながら手《て》をふった。

『ムーンライトの力《ちから》ではなく、私《わたし》の力《ちから》で怪盗《かいとう》ムーンになるんですよ』

『ベリル先生《せんせい》の力《ちから》で……？』

『はい。私《わたし》が行《おこな》うのは、あくまでもムーンライトの模倣《もほう》……マネであって、本物《ほんもの》ではありませんし、悪霊《あくりょう》の力《ちから》でもない。むしろ浄化《じょうか》の作用《さよう》があるものです』

それならいいのかな。そう思《おも》ったけど、怪盗《かいとう》ムーンのときの自分《じぶん》がゆるせないから、なかなか素直《すなお》にうなずけない。そんな僕《ぼく》に、ベリル先生《せんせい》はほほえみながら続《つづ》けた。

『君《きみ》は怪盗《かいとう》ムーンになることで、自分《じぶん》の心《こころ》を解放《かいほう》していたんですよ。だから、浄化《じょうか》の力《ちから》で怪盗《かいとう》ムーンになって、ストレスを解消《かいしょう》していくんです』

心《こころ》を解放《かいほう》する……そのひびきがなんだか心地《ここち》よく感《かん》じ、ベリル先生《せんせい》の言葉《ことば》に、ゆっくりと気持《きも》ちがかたむいていく。

『それに、君《きみ》の魂《たましい》はまだ完治《かんち》してないんです。傷《きず》ついた魂《たましい》をしっかり治《なお》すまでのあいだだけ、今度《こんど》は悪《わる》い怪盗《かいとう》ではなく、よい怪盗《かいとう》になってみませんか？』

よい怪盗《かいとう》……でも怪盗《かいとう》は犯罪者《はんざいしゃ》だ。よい怪盗《かいとう》というのは変《へん》な話《はなし》だと思《おも》う。

でも……

僕《ぼく》はチラッと自分《じぶん》の本棚《ほんだな》を見《み》た。『怪盗《かいとう》アルセーヌ・ルパン』が棚《たな》にある。

その視線《しせん》をたどるように、ベリル先生《せんせい》も見《み》る。そして本《ほん》を手《て》にとって首《くび》をかしげた。

『そもそも、どうして怪盗《かいとう》に変身《へんしん》するんでしょう？　君《きみ》の潜在意識《せんざいいしき》によるものだとは思《おも》いますが……』

潜在意識《せんざいいしき》というのは自覚《じかく》していない意識《いしき》、つまり無意識《むいしき》のことだ。

僕《ぼく》の無意識《むいしき》が怪盗《かいとう》を選《えら》んだということだろうか？

『僕《ぼく》は心《こころ》の奥《おく》では悪《わる》いことをしたいって思《おも》ってるんでしょうか？』

聞《き》いてみると、先生《せんせい》は本《ほん》をパラパラめくりながら考《かんが》える。そして、片眼鏡《モノクル》の奥《おく》にある目《め》をキラリと光《ひか》らせて僕《ぼく》を見《み》た。

『君《きみ》は、君《きみ》の理想《りそう》とする強《つよ》い何者《なにもの》かになりたいんだと思《おも》いますよ』

そう言《い》って、ベリル先生《せんせい》は本《ほん》をパタンと閉《と》じた。


その本《ほん》をいま、ズボンのポケットから取《と》り出《だ》す。文庫《ぶんこ》サイズのこの本《ほん》は、何度《なんど》も読《よ》み返《かえ》したもので、僕《ぼく》のお気《き》に入《い》りだ。

理想《りそう》とする強《つよ》い何者《なにもの》か、か……

昔《むかし》から心《こころ》のどこかで、自分《じぶん》とはちがうなにかになりたいと思《おも》っていた。自分《じぶん》ではできない大胆《だいたん》なこと、人《ひと》を引《ひ》っぱっていくこと、だれかを助《たす》けること……怪盗《かいとう》は物《もの》を盗《ぬす》む悪《わる》いやつだけど、大胆不敵《だいたんふてき》で強《つよ》い信念《しんねん》を持《も》っている。ときには助《たす》けを求《もと》めるひとの力《ちから》になる。

「そういえば、僕《ぼく》を助《たす》けてくれたときのこはくちゃん、かっこよかったな」

そうだ、僕《ぼく》はこはくちゃんみたいになりたいんだ。

「でも、君《きみ》は怪盗《かいとう》というより、探偵《たんてい》だよね」

こはくちゃんのリボンを見《み》ながら、思《おも》わず笑《わら》った。

僕《ぼく》はもうだれも傷《きず》つけない。だれかを守《まも》れるような、強《つよ》いひとになりたい。きっと怪盗《かいとう》ムーンも、そうなれるはずだ。

だけど、これはまだ……僕《ぼく》だけのヒミツにしておくね。

4．涼風《すずかぜ》ガーデンでひとやすみ

あれ？　わたし、どうしちゃったんだっけ。

『みゃーん』

ルビィがネコの姿《すがた》でわたしの前《まえ》にすわっている。手《て》をのばすと、ルビィはヒカリの向《む》こう側《がわ》へ行《い》こうとする。

『みゃーん』

どうしたの、ルビィ。いつもみたいにお話《はな》ししてよ。なんで、悲《かな》しそうな顔《かお》をするの？

ルビィがどんどん走《はし》っていく。

わたしの足《あし》は、その場《ば》で固定《こてい》されたように動《うご》かない。

どうして？　ルビィを追《お》わないと……もう二度《にど》と会《あ》えない気《き》がする！

『待《ま》って、ルビィ！　行《い》かないで！』

思《おも》わず叫《さけ》ぶと、急《きゅう》に視界《しかい》が変《か》わった。どうやら目《め》を覚《さ》ましたらしく、中庭《なかにわ》のガーデンが広《ひろ》がっている。まぶたから涙《なみだ》がすべり落《お》ち、あわてて手《て》の甲《こう》でぬぐう。

「こはくちゃん？」

横《よこ》で光《らいと》くんが本《ほん》を読《よ》むかっこうですわって、心配《しんぱい》そうにわたしを見《み》ていた。

「だいじょうぶ？」

光《らいと》くんはわたしの目《め》の前《まえ》で手《て》をふった。ぼんやりした頭《あたま》のせいで、すぐに反応《はんのう》できない。

ゆっくりと光《らいと》くんを見《み》る。

「……ごめん、わたし、寝《ね》ちゃって」

「ルビィちゃんが憑依《ひょうい》したせいかな。体《からだ》がつかれてるんだよ」

光《らいと》くんはそう言《い》うと、やさしくほほえんで自分《じぶん》の肩《かた》をトントン指《さ》した。

「よりかかっていいよ」

わたしは首《くび》をブンブン横《よこ》にふった。頭《あたま》がクラクラする。

「ほら、ムリしないで。ここなら、だれもいないから」

そう言《い》うと、光《らいと》くんはわたしの頭《あたま》をやさしくかたむけ、自分《じぶん》の肩《かた》に乗《の》せた。たしかに、いまのこの時間《じかん》はだれもいないし、体《からだ》もだるいし……すなおに光《らいと》くんの肩《かた》を借《か》りよう。

初夏《しょか》にしてはつめたい風《かぜ》が流《なが》れ、わたしたちの髪《かみ》をさらう。頬《ほお》に当《あ》たる風《かぜ》が心地《ここち》よくて、わたしの気分《きぶん》もだんだん落《お》ちついてきた。

「光《らいと》くん」

弱々《よわよわ》しく口《くち》を開《ひら》くと、光《らいと》くんは「ん？」とやさしく聞《き》いた。

「なに？　こはくちゃん」

「わたし……ルビィから、たよりないって言《い》われちゃった」

「えっ？　どうしてそんなこと……」

「本当《ほんとう》にそうだなって思《おも》うんだ」

わたしはうつむきかげんになり、あとを続《つづ》けた。

「わたしって、いつもウジウジして弱虫《よわむし》でね。ルビィのおかげで、そんな日常《にちじょう》が変《か》わるかもって思《おも》ったけど、ダメみたい……」

ああ、そうだ。家《いえ》にとじこもっていたわたしを変《か》えてくれたのは、ルビィだった。それなのに、わたしは自分《じぶん》の自信《じしん》のなさを棚《たな》にあげて、ルビィにひどいことを言《い》っちゃった。

ルビィを立派《りっぱ》な守護霊《しゅごれい》にするのは、ルビィ自身《じしん》もだけど、サポーターとしてのわたしの力《ちから》も必要《ひつよう》だ。ルビィを応援《おうえん》するって決《き》めたのに……！

「わたし、本当《ほんとう》にサポーター失格《しっかく》だよ……！」

言葉《ことば》にしたら涙《なみだ》がにじんでくる。光《らいと》くんの前《まえ》で泣《な》きたくないのに。

こらえようとしても、涙《なみだ》がボロッと落《お》ちた。そのとき光《らいと》くんが、わたしの手《て》をつかむ。

「こはくちゃんはがんばってるよ！　君《きみ》は弱虫《よわむし》じゃないし、いざとなったら、みんなのために走《はし》って助《たす》けにいく、やさしくて勇敢《ゆうかん》な女《おんな》の子《こ》だよ！」

その強《つよ》い言葉《ことば》に、わたしは顔《かお》をあげた。光《らいと》くんが、わたしをまっすぐに見《み》つめている。

「それに、僕《ぼく》の心《こころ》を救《すく》ってくれたのは君《きみ》だ。僕《ぼく》は君《きみ》のおかげで、ここにいる。だから、そんなふうに、自分《じぶん》のことをダメだなんて言《い》わないで」

あたたかい言葉《ことば》が、ひえた心《こころ》をやさしくつつみこんでくれる。こらえていた涙《なみだ》が、たくさんあふれた。

「えっ、こはくちゃん!?」

涙《なみだ》がとまらないわたしに、光《らいと》くんがうろたえる。

「僕《ぼく》、なにかイヤなこと言《い》った？」

「ううん、ちがうの。うれしくて……うぅ……」

涙《なみだ》をとめようと、ぬぐってみるけどどうにもとまらない。すると、光《らいと》くんはギュッと手《て》をにぎってくれた。

やがて、わたしは鼻《はな》をすってひと息《いき》ついた。泣《な》いたらちょっとスッキリしたかも。

光《らいと》くんがわたしの顔《かお》をのぞきこむ。

「落《お》ちついた？」

「うん……もうだいじょうぶ。光《らいと》くんが手《て》をつないでくれたから……」

そう言《い》って笑《わら》うと、光《らいと》くんは「手《て》？」と首《くび》をかしげ、視線《しせん》を落《お》とす。

「ごめん！　勝手《かって》にふれて」

あわてて手《て》をはなし、目《め》をそらしてしまう光《らいと》くん。その頬《ほお》が赤《あか》い。

わたしは、はなれてしまった光《らいと》くんの指《ゆび》に、自分《じぶん》の小指《こゆび》をすこしだけ当《あ》てた。

「だいじょうぶだよ。光《らいと》くんの手《て》、あたたかくて落《お》ちつくから」

「……そう？」

「うん」

そういえば光《らいと》くん、さっきわたしが寝《ね》てしまう前《まえ》にも同《おな》じことを言《い》ってたような……わたしにふれるのがイヤなのかな。そう思《おも》っていると、光《らいと》くんはまたあたたかい手《て》のひらで、わたしの手《て》をつつんだ。その指《ゆび》がすこしだけふるえている。

あ、そっか……光《らいと》くん、緊張《きんちょう》してるんだ。

「こはくちゃん、ルビィちゃんとなにがあったのか話《はな》して。君《きみ》の力《ちから》になりたいんだ」

光《らいと》くんは真剣《しんけん》な声《こえ》で言《い》うけど、わたしの目《め》を見《み》ない。そんな光《らいと》くんに、わたしは思《おも》わず笑《わら》った。そしてなぜか、フシギとこれが〝本当《ほんとう》の光《らいと》くん〟なんだと思《おも》った。

「ありがとう」

それからわたしはゆっくりと、なにがあったのか話《はな》した。

ルビィと心《こころ》がそろわなくて憑依《ひょうい》が解《と》けたこと。三園《みその》さんたちとの勝負《しょうぶ》にルビィがこだわってること。わたしの気持《きも》ちにかくされた、本当《ほんとう》の理由《りゆう》も。

「わたしは、どちらかが納得《なっとく》しない勝負《しょうぶ》のつけかたがイヤなんだと思《おも》う。でも、もういまさらだし、やっぱりこのまま勝負《しょうぶ》するしかないのかな……」

「そっか……こはくちゃんは後悔《こうかい》しそうな結果《けっか》になるのがイヤなんだね」

光《らいと》くんが言《い》いたいことをまとめてくれる。

「そう言《い》われると、僕《ぼく》も同《おな》じ気持《きも》ちだな。むずかしいね。話《はなし》が進《すす》んでいる以上《いじょう》は、勝負《しょうぶ》しませんって言《い》えないし、でもこのままだと、こはくちゃんがモヤモヤするんだよね」

「うん……」

こんなことなら、ルビィが勝負《しょうぶ》をふっかける前《まえ》に全力《ぜんりょく》で止《と》めていればよかった。

そんなわたしをなぐさめるように、光《らいと》くんはあとを続《つづ》けた。

「その正直《しょうじき》な気持《きも》ちを、ルビィちゃんに話《はな》してみなよ」

「でも、ルビィはわたしの言《い》うこと、聞《き》いてくれないよ……」

「だいじょうぶ。僕《ぼく》と海《まりん》でその場《ば》をセッティングするから」

そう言《い》って、光《らいと》くんはやさしく笑《わら》う。

わたしは首《くび》をかしげつつ「それなら……」とうなずいた。

「よし。それじゃあ、遊園地《ゆうえんち》に行《い》こう」

光《らいと》くんがサラリと言《い》う。わたしは目《め》をパチパチさせるばかり。

光《らいと》くんはいたずらっぽく笑《わら》った。

「気晴《きば》らしに行《い》こうよ。僕《ぼく》、みんなと遊《あそ》びたいんだ。なかなか部活《ぶかつ》に出《で》られないし、それならいっそ遊《あそ》びに行《い》きたいなーって思《おも》って。しかもちょうど、遊園地《ゆうえんち》の招待券《しょうたいけん》があるんだよ。ね、週末《しゅうまつ》にどうかな？」

「海《まりん》くんとルビィと四人《よにん》で、今度《こんど》は遊園地《ゆうえんち》？」

聞《き》いてみると、光《らいと》くんはすぐにうなずいた。けれど、なにかを思《おも》い出《だ》したのかだんだん顔《かお》をこわばらせる。

「あっ！　この前《まえ》のことはわすれて！」

この前《まえ》というのは、博物館《はくぶつかん》とデパートに遊《あそ》びに出《で》かけたとき。あのときの光《らいと》くんはムーンライトに憑依《ひょうい》されていた。

とても後悔《こうかい》してるのか、光《らいと》くんは頭《あたま》をかかえてはずかしがっている。

そういえばあのとき、光《らいと》くんがわたしに告白《こくはく》を……って、中身《なかみ》はムーンライトだったけど。わたしも思《おも》い出《だ》してしまい、まともに光《らいと》くんの顔《かお》が見《み》られなくなった。

「リベンジ！　遊《あそ》びに行《い》くリベンジだよ！　こはくちゃん、いいかな……？」

光《らいと》くんがあわてて言《い》うので、わたしは「そうだね！」と調子《ちょうし》を合《あ》わせた。光《らいと》くんがホッとする。わたしもだいぶ気持《きも》ちがラクになってきた。

よし、遊園地《ゆうえんち》でリフレッシュしよう。

第《だい》4話《わ》　わたしたちにできること

1．　リフレッシュタイム！

「みゃーーーーーーっ！　あっはははは！」

ルビィの歓声《かんせい》がひびきわたるジェットコースターの下《した》で、わたしはソフトクリームを食《た》べながらながめていた。

「週末《しゅうまつ》に遊園地《ゆうえんち》へ行《い》こう」と言《い》われて、とつぜん決《き》まった双子《ふたご》とのおでかけ先《さき》は、となりの市《し》にある遊園地《ゆうえんち》、トレジャーアミューズメントパーク。ダブルループのジェットコースターや大《おお》きな観覧車《かんらんしゃ》が目玉《めだま》の遊園地《ゆうえんち》で、わたしも家族《かぞく》で何度《なんど》かきたことがある。

ルビィと海《まりん》くんは、ふたりでジェットコースターに乗《の》っている。

今日《きょう》のルビィは人間《にんげん》の姿《すがた》で、赤《あか》いワンピース。わたしは白《しろ》ブラウスにキュロットスカート。光《らいと》くんはライトグレーの開襟《かいきん》シャツに紺色《こんいろ》のテーパードパンツという、きれいめのコーデ。海《まりん》くんは黒《くろ》と白《しろ》のツートンカラーのTシャツとデニムのコーデ。

前回《ぜんかい》の博物館《はくぶつかん》に行《い》ったメンバーで、ひさしぶりのおでかけだ。光《らいと》くんは「わすれて」って言《い》ってたけど、あれも思《おも》い出《で》のひとつだからやっぱりわすれられないよ。

ただ前回《ぜんかい》とちがうのは、本物《ほんもの》の光《らいと》くんが楽《たの》しそうにしていることと、海《まりん》くんのテンションが異様《いよう》に高《たか》いことだった。

「おい、光《らいと》、こはく！　おまえらもジェットコースター乗《の》ってこいよ！」

海《まりん》くんが明《あか》るい笑顔《えがお》で、光《らいと》くんを引《ひ》っぱって言《い》う。

「僕《ぼく》はもういいよ。さっき乗《の》ったし。ふたりで行《い》ってらっしゃい」

「えー、なんだよそれ！　なぁ、こはくは乗《の》らねぇの？　まだ乗《の》ってないだろ？」

「えっと、わたしはソフトクリームがあるから……」

わたしは遠回《とおまわ》しにことわる。さっき、コーヒーカップで目《め》が回《まわ》ったんだけど、ジェットコースターは……

「ちぇっ、なんだよ、おもしろいのにもったいない。なぁ、ルビィ」

「そうだね！　すっごく、すーっごくおもしろかった！」

ルビィはキラキラと目《め》をかがやかせて言《い》う。

「よーし、ターとルビィ、今度《こんど》はあっち行《い》こう！」

海《まりん》くんはジェットコースターの反対《はんたい》にある、木製《もくせい》ブランコのバイキングを指《ゆび》さした。

「わーい！　行《い》こう行《い》こう！」

ルビィが両手《りょうて》をあげてよろこぶ。ターちゃんはおつかれ気味《ぎみ》で、よろよろしていた。

「ぼく、酔《よ》っちゃったよぉ……」

「すこし休《やす》もう。ター、僕《ぼく》の肩《かた》においで」

光《らいと》くんが呼《よ》ぶと、ターちゃんは素直《すなお》にパタパタやってきた。わたしと光《らいと》くんは海《まりん》くんたちを見送《みおく》って、日《ひ》かげのあるベンチにすわった。

「ルビィ、元気《げんき》そうだなぁ」

「ルビィちゃんとすこし話《はな》せた？」

わたしのつぶやきを拾《ひろ》うように、光《らいと》くんが聞《き》いてくる。わたしは首《くび》を横《よこ》にふった。

「あれから口《くち》をきいてくれないんだけど、遊園地《ゆうえんち》に行《い》くって話《はなし》だけは反応《はんのう》してた」

ルビィは機嫌《きげん》をそこねたら、しばらく引《ひ》きずることはあるけど、一度寝《いちどね》たらわすれるタイプ。でも、今度《こんど》ばかりはルビィもなかなか機嫌《きげん》がなおらないみたいで、口《くち》をきかなくなって二日経《ふつかた》っていた。

でも、遊園地《ゆうえんち》にさそわれた話《はなし》をしたら、耳《みみ》をピクピク動《うご》かして「行《い》く！」と言《い》っていた。

それからあわてて、口《くち》をつぐんで話《はな》さないようにしていたけど。

わたしが『そんなんじゃ、立派《りっぱ》な守護霊《しゅごれい》になれないよ』なんて言《い》ったから、ルビィは怒《おこ》ってるんだろう。でも、どう話《はな》し合《あ》えばいいかわからなくて……

「こんなに長《なが》くケンカすることなんてないから、どう切《き》り出《だ》したらいいんだろ」

わたしはため息《いき》をついた。ソフトクリームがたれないように、ペロッとなめる。つめたくてあまいけど、気分《きぶん》はあがらない。

すると、光《らいと》くんが考《かんが》えるように言《い》った。

「そうだなぁ……僕《ぼく》も海《まりん》とケンカしたときは、しばらく口《くち》をきかないな」

「光《らいと》くんも？　ていうか、ふたりっていつもケンカしてるイメージがあるんだけど……」

ついふきだして言《い》うと、光《らいと》くんも笑《わら》った。

「ふふっ、そうかも。でも、いつものは本気《ほんき》のケンカじゃないんだ。本気《ほんき》のときは無視《むし》する。ぜったいに口《くち》をきかない」

「じゃあ、どうやって仲直《なかなお》りするの？」

聞《き》いてみると、光《らいと》くんは肩《かた》で眠《ねむ》るターちゃんをなでながらゆっくり言《い》った。

「海《まりん》が悪《わる》いときは、海《まりん》から話《はな》しかけてくるのを待《ま》つんだけど……僕《ぼく》が悪《わる》いときは、海《まりん》の好《す》きなものをあげるんだ。アイスとか、ジュースとか」

「え？　海《まりん》くんって、そんなことで機嫌《きげん》がなおるの？」

おどろいて言《い》うと、光《らいと》くんはおもしろかったのか、盛大《せいだい》にふきだして笑《わら》った。

「あははっ！　そう、そんなことで機嫌《きげん》がなおるんだ。あいつ、単純《たんじゅん》だからさ。でも僕《ぼく》もそうだよ」

「そうなんだ？」

「うん。海《まりん》が謝《あやま》るときは、僕《ぼく》の好《す》きな映画《えいが》を配信《はいしん》で観《み》ようって、気《き》を引《ひ》こうとするんだよね。それで、いつの間《ま》にか僕《ぼく》もいっしょに観《み》てて、仲直《なかなお》りしてる」

わたしはその様子《ようす》を想像《そうぞう》して、顔《かお》がニヤけてしまった。海《まりん》くん、しょんぼりしながら映《えい》画《が》にさそうんだろうな。ああ見《み》えて、さみしがり屋《や》さんだし。

「ふたりとも、おたがいの好《す》きなものを把握《はあく》してるんだ。仲《なか》よしだね」

笑《わら》いながら言《い》うと、光《らいと》くんは照《て》れたのか、ちょっぴりツンとして言《い》う。

「そりゃ、僕《ぼく》らは兄弟《きょうだい》で、あきるほどいっしょにいるから」

「ふふふっ、そうだったね」

「だから、こはくちゃんもルビィちゃんのこと、わかるんじゃない？」

その言葉《ことば》に、わたしは笑《わら》いを止《と》めて深《ふか》く考《かんが》える。

ルビィのこと……ルビィが好《す》きなものは、おいしいマグロ缶《かん》とネズミのおもちゃ。それをあげたら機嫌《きげん》がなおる？　でも、いまはどっちも手元《てもと》にない。

「物《もの》をわたすのもいいけど、ルビィちゃんがほしいのはもっと別《べつ》のものかもしれないよ」

「別《べつ》のもの？」

光《らいと》くんの言葉《ことば》は、なにかふくみがある。答《こた》えが思《おも》い浮《う》かばないわたしは首《くび》をかしげた。

すると、光《らいと》くんが立《た》ちあがって言《い》う。

「あ、ほら帰《かえ》ってきたよ」

わたしは残《のこ》っていたソフトクリームを口《くち》に押《お》しこみ、あとを追《お》った。さらにテンションが高《たか》まった海《まりん》くんとルビィが走《はし》ってくる。

「はー、楽《たの》しかった！　あのね、あのね、バイキングってすっごくユラユラしてね……」

ルビィが楽《たの》しそうに話《はな》す。けれど、すぐにハッとして口《くち》をふさいだ。ゆっくりとわたしから目《め》をそらして、気《き》まずそうにうつむく。

「ルビィちゃん、それで？」

光《らいと》くんが続《つづ》きをうながすと、ルビィははずかしそうに口《くち》をひらいた。

「えっとね、ユラユラして、落《お》っこちそうで、とーっても高《たか》くて楽《たの》しかったの」

「そっか、よかったね」

そう言《い》って、光《らいと》くんは海《まりん》くんの横《よこ》に移動《いどう》した。

「海《まりん》、おまえ、はしゃぎすぎじゃないか？」

笑顔《えがお》のまま、海《まりん》くんの脇腹《わきばら》にひじを入《い》れる光《らいと》くん。海《まりん》くんは気《き》まずそうな顔《かお》をした。

「つい……だって、アトラクションがオレを待《ま》ってるから」

「それで、ルビィちゃんに話《はな》したのか？」

「話《はな》してません……ごめん、楽《たの》しくてわすれてた」

ふたりはなにやら話《はなし》をしている。わたしは聞《き》いてないフリをして、観覧車《かんらんしゃ》のほうを見《み》つめた。脇《わき》では、ルビィがふたりの間《あいだ》に入《はい》って「なんの話《はなし》ー？」と聞《き》いている。

きっと、海《まりん》くんと光《らいと》くんは、わたしとルビィを仲直《なかなお》りさせるための説得《せっとく》をしようと、あらかじめ話《はな》し合《あ》ってたんだろう。光《らいと》くんがわたしに、海《まりん》くんがルビィにそれぞれ説得《せっとく》するといった具合《ぐあい》に。

そんな推理《すいり》を頭《あたま》の中《なか》でしていると、双子《ふたご》は話《はなし》がまとまったのか、おそろいの笑顔《えがお》を向《む》けてきた。海《まりん》くんがわたしのほうへ近《ちか》づいてくる。

「おい、こはく。アトラクション、キライなのか？」

「え？　うーん……絶叫系《ぜっきょうけい》が苦手《にがて》で」

海《まりん》くんの質問《しつもん》に、わたしは気《き》まずく答《こた》えた。実《じつ》は遊園地《ゆうえんち》で、わたしが楽《たの》しめるものといえば安全《あんぜん》なメリーゴーランドと観覧車《かんらんしゃ》くらいなの。

「じゃあ、観覧車《かんらんしゃ》に乗《の》れよ。ルビィのやつ、高《たか》いところが好《す》きみたいだぞ」

海《まりん》くんのうしろでは光《らいと》くんが笑顔《えがお》で立《た》っている。まるで、海《まりん》くんをうしろであやつっているかのよう。海《まりん》くんも言《い》わされている感《かん》じを出《だ》してるし……

そんなふたりの不器用《ぶきよう》なやさしさをすなおに受《う》け取《と》り、わたしは「うん」とうなずいた。

「ルビィ」

話《はな》しかけてみると、ルビィは丸《まる》い耳《みみ》をぴくっと動《うご》かし、わたしを見《み》る。

「あれ、行《い》こっか。わたしといっしょに。いい？」

すると、ルビィはすこしうれしそうに笑《わら》った。でも、すぐに顔《かお》をしかめようとふんばっている。やがてルビィは、こくりとうなずいてくれた。

本当《ほんとう》はルビィも、わたしと同《おな》じで、いっしょに話《はなし》がしたいんだ。

2. ふたりきりの観覧車《かんらんしゃ》

「はい、気《き》をつけてくださいねー、いってらっしゃーい」

係員《かかりいん》のお姉《ねえ》さんが笑顔《えがお》で手《て》をふって、わたしたちをゴンドラに乗《の》せる。

観覧車《かんらんしゃ》はゆっくりゆっくり回《まわ》っていき、下《した》を見《み》ると、光《らいと》くんと海《まりん》くんがそろって手《て》をふっていた。だんだん遠《とお》ざかっていく。

ルビィはわたしとは反対方向《はんたいほうこう》の窓《まど》から景色《けしき》をながめていた。

「わ、わはーっ！　すごーい！」

ぐんぐんあがっていくゴンドラに、ルビィもワクワクをかくしきれていない。長《なが》い髪《かみ》の毛先《けさき》がユラユラゆれる。それが、しっぽを思《おも》わせた。

「ルビィ……」

ゴンドラが中腹《ちゅうふく》まであがったところで、わたしは思《おも》い切《き》ってルビィを呼《よ》んだ。

ルビィの丸《まる》い耳《みみ》がピクンと動《うご》いて、わたしのほうを向《む》く。ルビィは目《め》をそらしながら、座席《ざせき》にちょこんとすわりなおして、ワンピースのすそをにぎった。

「ルビィ……わたしのこと、キライになった？」

聞《き》いてみると、ルビィはいきおいよく顔《かお》をあげて、首《くび》をブンブン横《よこ》にふる。わたしはそれだけで涙《なみだ》が出《で》そうになった。鼻《はな》をすすって、前《まえ》を向《む》く。

人間《にんげん》の姿《すがた》だけど、ルビィはルビィだ。生《う》まれたときからずっといっしょで、かけがえのないわたしの家族《かぞく》……

「この前《まえ》は、急《きゅう》に怒《おこ》って、ひどいこと言《い》ってごめんね……びっくりしたよね」

「うん……ルビィ、びっくりした」

ルビィは、しょぼんとうつむいて言《い》った。

「そうだよね。ルビィはネコのままのルビィだけど、人間《にんげん》のことを知《し》ろうとしてがんばってる。ネコの心《こころ》で人間《にんげん》の心《こころ》をわかろうと必死《ひっし》なんだよね」

うまく言《い》えないけど、そもそもルビィはネコだから、人間《にんげん》としてのふるまいなんて、むずかしいに決《き》まってる。だから今回《こんかい》の試験《しけん》は、それを乗《の》り越《こ》える試験《しけん》なのかも。

そんなことを考《かんが》えていると、ルビィの気持《きも》ちがとてもよくわかってきた。

ルビィも不安《ふあん》だったはずだ。立派《りっぱ》な守護霊《しゅごれい》になるために、親愛《しんあい》のカケラを集《あつ》めないといけないのに、ぜんぜん集《あつ》められないから怒《おこ》るんだ。

「わたしはルビィがどんな気持《きも》ちでいるかはわかる。わかってたはずなのに、わたしったら……本当《ほんとう》にたよりないよね」

がんばるって決《き》めたのに、わたしが弱虫《よわむし》だから、ルビィについていけなくなった。わたしのせいで、ルビィが守護霊《しゅごれい》になれなかったら……

うつむいてしまうと、ルビィがわたしの手《て》をとった。

「こはく、顔《かお》あげて？」

「ん……」

見《み》ると、ルビィはやさしい目《め》でわたしを見《み》て、ぎゅっと手《て》をにぎった。

「ルビィもね、こはくの気持《きも》ちがぜんぜんわかってなかったよ。海《まりん》くんに言《い》われて気《き》づいたくらいだし……だから、ごめんなさい！」

そう言《い》って、ルビィはしょんぼりと肩《かた》を落《お》とす。

「実《じつ》はね、こはくとケンカして飛《と》び出《だ》したあと、海《まりん》くんに話《はな》したの。こはくがルビィの気《き》持《も》ちわかってくれないー！　ってね。そしたら海《まりん》くんに『そりゃわかるわけねーよ』って言《い》われてなぐさめられた」

え？　海《まりん》くんがそんなことを？　ていうか、それって、なぐさめてるの？

するとわたしの表情《ひょうじょう》を見《み》てか、ルビィがあわててあとを続《つづ》ける。

「海《まりん》くん、こうも言《い》ってた。『こはくはルビィとはちがうんだ。だからおたがい、できないことをやってけばいいんじゃねーの』だって」

「それ、本当《ほんとう》に海《まりん》くんの言葉《ことば》？　ちょっと信《しん》じられないんだけど」

フシギに思《おも》って聞《き》くと、ルビィはふきだして笑《わら》った。

「こはく、その言《い》い方《かた》はひどいよー」

「だって、ふだんの海《まりん》くんとは考《かんが》えられないくらいオトナなんだもん！」

「でもでも、海《まりん》くんってなんだかんだ言《い》って視野《しや》が広《ひろ》いと思《おも》うよ！　ああ見《み》えて、しっかりしてるんだよねぇ」

ルビィは感心《かんしん》したように言《い》う。わたしはやっぱりまだ信《しん》じられない。そんなわたしの仕《し》草《ぐさ》がおもしろかったのか、ルビィはまた笑《わら》う。

「海《まりん》くんね、光《らいと》くんが怪盗《かいとう》ムーンになったときのことを後悔《こうかい》してるんだって」

それを聞《き》いて、わたしはようやく納得《なっとく》した。

そっか……海《まりん》くんの言葉《ことば》は、経験《けいけん》からくる言葉《ことば》なんだ。海《まりん》くんも光《らいと》くんがあぶないことをしているのに気《き》づいても、どうすることもできなかったから……

「実《じつ》はわたしも光《らいと》くんからなぐさめられて、ルビィと仲直《なかなお》りするように言《い》われたんだ」

そう言《い》うと、ルビィは「なるほどー」と手《て》をポンと打《う》った。

「双子《ふたご》に助《たす》けられちゃったね」

「そうだね」

「だったら、ルビィたちの親愛《しんあい》のカケラをふたりにわけてあげなきゃ」

そう言《い》うと、ルビィは手《て》をくるんとひねって、羽《は》うちわを出《だ》した。わたしとルビィの胸《むな》元《もと》に、小《ちい》さな緑色《みどりいろ》の親愛《しんあい》のカケラが浮《う》かぶ。

「あれ？　色《いろ》がついてる！」

「そう、親愛《しんあい》のカケラは思《おも》いが強《つよ》ければ強《つよ》いほど色《いろ》がつくの。心《こころ》の結晶《けっしょう》なんだよ。緑色《みどりいろ》は友愛《ゆうあい》の証《あかし》だね」

ルビィは大事《だいじ》そうに親愛《しんあい》のカケラを引《ひ》き寄《よ》せると、羽《は》うちわであおいだ。

「そぉーれ！」

元気《げんき》なかけ声《ごえ》とともにあまい風《かぜ》を起《お》こす。親愛《しんあい》のカケラは下《した》へ飛《と》んでいき、ターちゃんの元《もと》へ向《む》かった。いまごろ、三人《さんにん》でおどろいてるかも。

「またターちゃんにポイントが入《はい》っちゃったねぇ……でも、今回《こんかい》はしかたがない！」

ルビィは羽《は》うちわから手《て》をはなし、ポンと音《おと》を鳴《な》らして消《け》した。

「ねぇ、こはく」

ふたたび座席《ざせき》にすわると、ルビィはわたしをまっすぐ見《み》つめて、真剣《しんけん》な声《こえ》で言《い》った。

「ルビィ、こはくの気《き》持《も》ちをぜんっぜん考《かんが》えてなかった。これじゃあ、立派《りっぱ》な守護霊《しゅごれい》になれるわけないよ……」

「ううん！　わたしがたよりないせいだから」

あわてて言《い》うと、ルビィは首《くび》を横《よこ》にふる。

「ルビィが一番《いちばん》、こはくの気《き》持《も》ちをわかってないとダメなの！　そうじゃなきゃイヤなの！　だから、こはくのすなおな気《き》持《も》ちを教《おし》えて！」

ルビィの力強《ちからづよ》い言葉《ことば》が、わたしの心《こころ》を引《ひ》っぱる。そのおかげか勇気《ゆうき》がわいて、自分《じぶん》の気《き》持《も》ちをゆっくり口《くち》に出《だ》した。

「わたしはね……本当《ほんとう》は三園《みその》さんたちと争《あらそ》いたくないし、そもそも苦手《にがて》な分野《ぶんや》で勝《か》てる気《き》がしない。でもそれは、どちらかが納得《なっとく》できない形《かたち》で決着《けっちゃく》をつけるのがイヤなの」

「うん……」

「でも、支援部《しえんぶ》は廃部《はいぶ》にしたくない。だからルビィを応援《おうえん》したい。けど、それだけじゃダメだって気《き》がついた。応援《おうえん》するだけじゃダメ。わたしも、変《か》わらなきゃって思《おも》う」

自分《じぶん》を変《か》えたい。守《まも》られるだけじゃない、強《つよ》いわたしになりたい。それはとっても勇気《ゆうき》がいることで、実《じつ》はムーンライトと戦《たたか》ったときよりもこわい。

でも、守《まも》りたいものができたから……時間《じかん》がかかるかもしれないけど、いろんなことを克服《こくふく》していきたい。それに、光《らいと》くんを助《たす》けられたわたしならきっとできる！

「こはく……」

ルビィはうれしそうに目《め》をウルウルさせた。そんなルビィの目《め》を見《み》ながら話《はなし》を続《つづ》ける。

「わたしの気持《きも》ち、つたわった？」

「うん、つたわったよ！」

ルビィは大《おお》きくうなずいた。

「ルビィ、心《こころ》によゆうがなかったんだ。ほたるたちにムカムカ〜ってしちゃうから。それがルビィのよくないところだね……」

しょぼんと肩《かた》を落《お》とすルビィの頭《あたま》をやさしくなでる。ルビィはネコのときのようにわたしの顎《あご》にスリスリしてきた。

「ルビィは、本当《ほんとう》にえらいよ」

「えへへ……」

そう言《い》ってると、ルビィの笑顔《えがお》が急《きゅう》にこわばった。

「ルビィ？」

ルビィが窓《まど》の外《そと》を見《み》る。わたしもその視線《しせん》をたどるけど、なにも見《み》えない。

フシギに思《おも》っていると、たちまちゴンドラがはげしく動《うご》いた。

「きゃあ！」

思《おも》わず悲鳴《ひめい》をあげて床《ゆか》にしゃがむ。しりもちをついてしまい、ルビィが「こはく！」と呼《よ》ぶ。そのとき、ゴンドラが止《と》まった。緊急停止《きんきゅうていし》だ。

「なに？　停電《ていでん》？」

「ちがう、悪霊《あくりょう》だよ！　こはく、憑依《ひょうい》していい？」

ルビィが窓《まど》を見《み》ながら言《い》う。わたしは座席《ざせき》にしがみつきながら、すぐにうなずいた。悪《あく》霊《りょう》ならやっつけなきゃ！

「憑依《ひょうい》！」

ルビィとふたりで、声《こえ》をそろえて唱《とな》える。羽《は》うちわをにぎって、ルビィを受《う》け入《い》れると、体《からだ》がポカポカとあたたかくなってきた。

――成功《せいこう》だ！　こはく、ゴンドラから出《で》よう！

「どうやって？」

聞《き》くと、わたしの中《なか》にいるルビィが勝手《かって》に動《うご》く。羽《は》うちわをふると、ゴンドラのドアが開《ひら》いた。えぇー!?　そんなのってアリ!?

「って、びっくりしてる場合《ばあい》じゃない」

わたしはゴンドラから外《そと》を見《み》た。止《と》まった観覧車《かんらんしゃ》のゴンドラが悪霊《あくりょう》の力《ちから》で激《はげ》しくゆらされていて、お客《きゃく》さんたちがこわがっているのが見《み》える。

ゴンドラを動《うご》かしているのは、黒《くろ》い球体《きゅうたい》のような悪霊《あくりょう》で、のっぺりとした顔《かお》がいじわるそうに笑《わら》っていた。

「あれ、ポルターガイスト？」

思《おも》わずつぶやくと、ルビィがわたしの中《なか》で叫《さけ》んだ。

——ちがう！　あれは別《べつ》の悪霊《あくりょう》だよ！　こはく、いける？

「うん！」

大《おお》きくジャンプして、悪霊《あくりょう》のもとへ飛《と》ぶ。悪霊《あくりょう》は気《き》づいていない。いまがチャンスだ！

「せーの！」

わたしは羽《は》うちわを思《おも》いきりふった。悪霊《あくりょう》があわててゴンドラにくっつくけれど、羽《は》うちわの威力《いりょく》は強《つよ》い。

悪霊《あくりょう》に浄化《じょうか》の火花《ひばな》を浴《あ》びせると、悪霊《あくりょう》はその火花《ひばな》に追《お》いかけられて、やがて小《ちい》さなマスコットのようなものになってしまった。

——封印《ふういん》できたよ！

ルビィが教《おし》えてくれる。わたしはゴンドラの上《うえ》に立《た》って、マスコットになった悪霊《あくりょう》をキャッチした。

「ふぅ、これで一件落《いっけんらく》ちゃ……って、きゃーっ！　超高《ちょうたか》い！　こわい！」

つい下《した》を見《み》ちゃった！　風《かぜ》がワンピースのすそをめくるので、さらにあわてふためく。

――こはく、落《お》ちついて！

「うぅ、落《お》ちつけないよぉ……」

でも、こわいって感情《かんじょう》があるとルビィのためにならないんだよね……ここは、ぐっとこらえる。

すると、さっきとはちがう小《ちい》さな風《かぜ》が、わたしの足《あし》にまきつき、なんだか落《お》ちないようにしてくれるようで、だんだん恐怖《きょうふ》がうすらいできた。

ピョンピョン飛《と》んでゴンドラにもどる。やっと安全《あんぜん》な場所《ばしょ》に降《お》り立《た》つと、ルビィがわたしからはなれた。

「こはく、その悪霊《あくりょう》をこっちへ」

ルビィの言葉《ことば》にうながされるように、わたしは持《も》っていた悪霊《あくりょう》マスコットをわたした。

「なにするの？」

「これを霊界《れいかい》におくるの。親愛《しんあい》のカケラと交換《こうかん》できるんだよ！」

そう言《い》うと、ルビィは手《て》からポンっとなにかを出《だ》す。

それはガラスの筒《つつ》のようなもので、マスコットがちょうどおさまるサイズだった。これを中《なか》に入《い》れて、シャカシャカふる。次《つぎ》の瞬間《しゅんかん》、マスコットが親愛《しんあい》のカケラに変《か》わった。しかも二十粒《にじゅっつぶ》ほど入《はい》っている。

「やったぁ！　やっと親愛《しんあい》のカケラが集《あつ》まったよぉ！」

そう言《い》うと、ルビィはわたしにぎゅっと抱《だ》きついた。

「こはく、ありがとう！」

ルビィの声《こえ》はすこし涙声《なみだごえ》だった。

わたしもぎゅっとだきしめ返《かえ》す。

「ルビィ、やったね！」

「うん！」

それから、いつのまにかゴンドラが動《うご》き出《で》し、わたしたちは無事《ぶじ》に地上《ちじょう》へもどった。

すぐに光《らいと》くんと海《まりん》くんが、心配《しんぱい》そうにかけよってくる。

「ふたりともだいじょうぶ!?」と光《らいと》くん。「なんかヤバいことになってなかったか!?」と海《まりん》くん。ターちゃんまで「なんだか悪霊《あくりょう》の気配《けはい》があったよぉ」とそれぞれ心配《しんぱい》する。

「なんとか憑依《ひょうい》して、悪霊《あくりょう》を封印《ふういん》したよ」

わたしが言《い》うと、双子《ふたご》とターちゃんはおどろいた顔《かお》になる。そんなふたりに向《む》かって、ルビィがVサインをして言《い》った。

「そういうこと！　ルビィとこはくがいれば、もうだいじょうぶだもんねー！」

「そっか……それならよかった、かな」

光《らいと》くんが心配《しんぱい》そうに言《い》いながら、わたしたちに近《ちか》づく。そして、わたしの顔《かお》をじっと見《み》つめると、手《て》をとってほほえんだ。

「無事《ぶじ》でよかったよ、こはくちゃん」

「ら、光《らいと》くん、心配《しんぱい》しすぎだよ。もうだいじょうぶだから」

わたしが言《い》うと、光《らいと》くんは「そっか」と安心《あんしん》する。手《て》はつないだまま。

横《よこ》ではルビィと海《まりん》くんが、なんだか暑《あつ》そうに手《て》で首元《くびもと》をあおいでいた。

3．わたしにできること

遊園地《ゆうえんち》でのリフレッシュが終《お》わり、また月曜日《げつようび》がやってくる。わたしとルビィはいつものように学校《がっこう》へ行《い》った。

「こはくはね、もっとみんなと仲《なか》よくして、積極的《せっきょくてき》に行動《こうどう》するべきだと思《おも》うんだ！」

教室《きょうしつ》に行《い》くとちゅう、ルビィが言《い》う。

「でもね、こはくのよさもあるの。みんなのことをしっかり見《み》てるし、人《ひと》の気持《きも》ちをよくわかってる。だから、こはくにしかできないことをやってほしいな！」

「わたしにしかできないことって……なに？」

まったく想像《そうぞう》がつかないので聞《き》いてみる。

すると、ルビィは「えーっと」と宙《ちゅう》を見《み》て、首《くび》をかしげた。そして元気《げんき》よく言《い》う。

「わかんない！」

わかんないかぁ……。苦笑《にがわら》いするしかない。

にぎやかなろうかを歩《ある》いていると、とつぜんルビィが正面《しょうめん》を見《み》ながら言《い》った。

「あ、ほたると千颯《ちはや》だ」

視線《しせん》の先《さき》に、三園《みその》さんたちがいる。

「おーい、ほたるー、千颯《ちはや》ー！」

ルビィは人《ひと》なつっこく走《はし》っていった。なにする気《き》だろう……？

やがてルビィが急停止《きゅうていし》し、わたしはおくれて追《お》いつく。

三園《みその》さんと卯野《うの》さんはいつものように横《よこ》ならびで、だれかと話《はなし》をしていた。相手《あいて》は三組《さんくみ》の男子《だんし》が数人《すうにん》。その横《よこ》には、気弱《きよわ》そうな男子《だんし》が顔《かお》をうつむけている。

三園《みその》さんたちは、わたしとルビィに気《き》づいていなかった。

「謝《あやま》りなさい！」

三園《みその》さんが、男子《だんし》たちにきびしく言《い》った。

「昨日《きのう》のそうじをサボったわね。この子《こ》にさせるだけで、なにもしないなんて。そんな不《ふ》正《せい》、ゆるせないわ！」

どうやら、数人《すうにん》の男子《だんし》たちは気弱《きよわ》な男子《だんし》にそうじをさせて、サボっていたみたい。

三園《みその》さんの怒《いか》りに対《たい》し、男子《だんし》たちはめんどくさそうにしていた。イラだってる子《こ》もいる。

この状況《じょうきょう》に、気弱《きよわ》な男子《だんし》がおずおずと口《くち》をひらいた。

「三園《みその》さん、もういいよ……」

「よくない！　なにもよくないわ！　わたしはね、不正《ふせい》をする人間《にんげん》がこの世《よ》で一番《いちばん》キライなのよ！」

三園《みその》さんは怒《いか》りをにじませながら言《い》う。その横《よこ》で卯野《うの》さんが、うんうんとうなずいて口《くち》をひらいた。

「ほたるの言《い》うとおり。不正《ふせい》は断罪《だんざい》するべきだ。さぁ、君《きみ》たち、さっさと謝《あやま》れ」

きびしい声音《こわね》の卯野《うの》さんに、男子《だんし》たちはすこしひるんだ。卯野《うの》さんの威圧的《いあってき》な目《め》に逆《さか》らえないみたい。

やがて、男子《だんし》たちはボソボソと気弱《きよわ》な男子《だんし》に謝《あやま》ると、教室《きょうしつ》に入《はい》っていった。それを見《み》ながら、三園《みその》さんが「フンッ」と鼻息《はないき》を飛《と》ばす。

「まったく……本当《ほんとう》に困《こま》った人《ひと》たちだわ。って、あら。ここにも困《こま》った人《ひと》がいるわね」

すかさずわたしたちを見《み》て言《い》う三園《みその》さん。

うっ、気《き》づかれた……。すると、ルビィが我《われ》に返《かえ》って、三園《みその》さんに近《ちか》づいた。

「おはよう！　ほたる、千颯《ちはや》！　さっきのすごかったねー、えらいよ！」

ルビィは三園《みその》さんに、さらに近《ちか》づいて聞《き》く。

「ねぇねぇ、どうして学校支援部《がっこうしえんぶ》を廃部《はいぶ》にしたいの？」

「い、いきなりなんなの、この子《こ》……」

三園《みその》さんが腕《うで》を組《く》んでイヤそうに言《い》う。たしかに、こんなにグイグイ話《はなし》ができるルビィに困《こま》るのはわかる。

ごめんね。この子《こ》、ネコだから……と言《い》えたらいいのに！

すると卯野《うの》さんは、三園《みその》さんの前《まえ》に立《た》ってルビィを遠《とお》ざけた。

「目《め》ざわりだからさ」

「目《め》ざわり？　どうしてそう思《おも》うの？　ルビィとこはくは、ふたりに対《たい》してなにも悪《わる》い気《き》持《も》ちはないのに。あ、もしかして海《まりん》くんが悪《わる》いの？　海《まりん》くんって、たしかに授業《じゅぎょう》サボる悪《わる》い子《こ》だもんねぇ」

ルビィはケラケラ笑《わら》いながら言《い》った。わたしはルビィのうしろに立《た》って、しずかに様子《ようす》を見守《みまも》ることにする。

「それもあるけれど……」

三園《みその》さんはめんどうそうに言《い》い、卯野《うの》さんはため息《いき》をつく。

「わからないなら話《はなし》にならない。そもそも、わたしは君《きみ》たちと話《はな》す気《き》はない。でも、勝負《しょうぶ》はしてやる。その結果《けっか》しだいでは君《きみ》たちをみとめよう」

そう言《い》って、ふたりは教室《きょうしつ》へ入《はい》っていく。

「むぅ……なんでそんなにえらそうなのよー！」

ルビィが追《お》いかけようとするも、卯野《うの》さんは三園《みその》さんが教室《きょうしつ》へ入《はい》ったら、ピシャリとドアをしめた。

「はぁ……勝負《しょうぶ》の中止《ちゅうし》をお願《ねが》いしようと思《おも》ったのに」

そう言《い》うと、ルビィはわたしを見《み》て、頬《ほお》をかきながら笑《わら》った。

「ごめんね、こはく。うまくいかなかった」

「ううん。ルビィ、ありがとう。わたしのために、ふたりに話《はな》しかけたんだね」

ルビィが、わたしの気持《きも》ちをわかってくれるだけで十分《じゅうぶん》だよ。

「それで、こはく。なにかわかった？」

急《きゅう》に聞《き》かれておどろく。ルビィはなんだか、期待《きたい》するような目《め》でわたしを見《み》ていた。

「だって、こはくなら、あざやかに推理《すいり》できるでしょ！」

「ちょっと待《ま》って！　わたしにそんな力《ちから》は……」

そう言《い》いかけて、ふと考《かんが》える。

そっか……そういうことか。わたしにできること、わかったかも！

ルビィが行動《こうどう》する役《やく》なら、わたしは観察《かんさつ》して考《かんが》える役《やく》だ。

それならわたしにもできる！

＊＊＊

授業中《じゅぎょうちゅう》、わたしは真剣《しんけん》に考《かんが》えた。国語《こくご》の授業《じゅぎょう》は板書《ばんしょ》がすくないので、考《かんが》えるよゆうがある。ノートに今回《こんかい》起《お》きていることを整理《せいり》してみた。

まず学校支援部《がっこうしえんぶ》を作《つく》ったら、三園《みその》さんたちに廃部《はいぶ》をつきつけられた。それと同時《どうじ》にポルターガイストが学校《がっこう》でさわぎを起《お》こしだした。これらが関係《かんけい》しているのか、まだまだわからないけれど、そう思《おも》う決《き》め手《て》は……三園《みその》さんたちの反応《はんのう》だ。

ふつう、あんなフシギな体験《たいけん》をしたら、こわくて学校《がっこう》を休《やす》んじゃうと思《おも》うんだよね。

じっさい、ポルターガイストの被害者《ひがいしゃ》たちは、学校《がっこう》や部活《ぶかつ》を休《やす》んでいる子《こ》もいるし……あ、珠莉《じゅり》みたいに毎日学校《まいにちがっこう》へきている子《こ》もいるから、三園《みその》さんもそのタイプなのかな。

もしくは、三園《みその》さんたちとポルターガイストはつながっている？　そもそも、卯野《うの》さんが転校《てんこう》してきてから事件《じけん》が起《お》きたような気《き》がするし……うーん？

ひとをあやしむのは罪悪感《ざいあくかん》がわいちゃうけど、事件《じけん》を解決《かいけつ》させるにはうたがいの目《め》を向《む》けることも大事《だいじ》だ。ちょっと注意《ちゅうい》しておこうかな。

そう思《おも》っていると、急《きゅう》に先生《せんせい》の声《こえ》が飛《と》んできた。

「猫宮《ねこみや》さん！　居眠《いねむ》りしない！」

わたしはあわててシャープペンを落《お》とした。同時《どうじ》に、ルビィが「みやあっ！」と大声《おおごえ》をあげて飛《と》び起《お》きる。

「ルビィ……」

ふりかえると、ルビィは「えへへ」と引《ひ》きつった笑顔《えがお》を見《み》せた。まったくもう、マイペースなんだから。

＊＊＊

昼休《ひるやす》み、わたしは珠莉《じゅり》に会《あ》いに行《い》った。

「そうだねぇ……もうすぐ大会《たいかい》が近《ちか》いのに、二年《にねん》と一年《いちねん》が部活休《ぶかつやす》んじゃって……三年《さんねん》の先《せん》輩《ぱい》たちも休《やす》む派《は》と休《やす》まない派《は》で分裂《ぶんれつ》しちゃって、もう部内《ぶない》がギスギス！　大変《たいへん》だよー」

珠莉《じゅり》はこの前《まえ》のポルターガイスト事件《じけん》で、バスケ部《ぶ》のみんなが困《こま》っているという話《はなし》をしてくれた。

「これ、うちの部《ぶ》にかぎった話《はなし》じゃないんだよ。バレー部《ぶ》もそうみたいでね……まぁ、あんなフシギな現象《げんしょう》が起《お》きたらこわいけど」

「珠莉《じゅり》はどうして部活《ぶかつ》を休《やす》まないの？」

聞《き》いてみると、珠莉《じゅり》は考《かんが》えながら答《こた》えた。

「そりゃこわいけどさ……でも先輩《せんぱい》たちは、もう次《つぎ》の大会《たいかい》で勝《か》ち進《すす》まなきゃ、即引退《そくいんたい》なの。先輩《せんぱい》たちにはお世話《せわ》になったし、とくに種島先輩《たねしませんぱい》には……その先輩《せんぱい》たちが部活《ぶかつ》してるのに休《やす》んでられないよ！」

そういえば、珠莉《じゅり》はわたしのつくえで先輩用《せんぱいよう》の応援《おうえん》グッズをつくっていたっけ。種島先《たねしません》輩《ぱい》への気持《きも》ちをこめて作《つく》っていたんだろう。

わたしは珠莉《じゅり》の思《おも》いをしっかり受《う》け止《と》め、ぜったいにポルターガイスト事件《じけん》を解決《かいけつ》させようと決《き》めた。

そもそも、どうして急《きゅう》にポルターガイストがあらわれたんだろう？

「あ、こはく！　おーい、こはくー！　珠莉《じゅり》ちゃーん！」

うしろから声《こえ》をかけられ、わたしはふりかえった。海《まりん》くんとルビィが、いっしょにかけこんでくる。これに、珠莉《じゅり》がおどろいて茶化《ちゃか》すように言《い》った。

「あらら、意外《いがい》な組《く》み合《あ》わせ。そういえば、このふたりも学校支援部《がっこうしえんぶ》だったね。なになに、調査中《ちょうさちゅう》？　もしかして、こはく、わたしに聞《き》きこみ調査《ちょうさ》しにきてた感《かん》じ？」

なんだかうれしそうに言《い》う珠莉《じゅり》のいきおいに、わたしは目《め》をそらしてごまかした。

「まぁ、そんな感《かん》じかな。それで、ふたりともどうしたの？」

ルビィも海《まりん》くんも、親愛《しんあい》のカケラを集《あつ》めるために校内《こうない》を走《はし》り回《まわ》っていたはずだ。

「また千颯《ちはや》に仕事《しごと》とられちゃったんだよー！」

ルビィはわたしにだきつくと、くやしそうに言《い》った。横《よこ》では海《まりん》くんもイライラしながら頭《あたま》をかいている。

「あいつ、マジでオレらから仕事《しごと》うばって廃部《はいぶ》にしようとしてるんだよな……ったく、なんだって、転校生《てんこうせい》のあいつにきらわれなきゃいけねーんだよ、クソッ」

「廃部《はいぶ》!? なにそれ！ なんでそんなことになってんの!?」

事情《じじょう》を知《し》らない珠莉《じゅり》が身《み》を乗《の》り出《だ》してくる。あぁ、また話《はなし》を最初《さいしょ》からしなきゃいけない……そう思《おも》っていると、教室《きょうしつ》の中《なか》から光《らいと》くんが出《で》てきた。

「七瀬《ななせ》さん、栗須《くりす》くんが呼《よ》んでるよ。グラウンドから」

「えっ？ うそ！ こはく、その話《はなし》は今度《こんど》ゆっくり聞《き》くー！」

珠莉《じゅり》はあわてて教室《きょうしつ》から出《で》ていった。光《らいと》くんが、にっこりほほえみながら珠莉《じゅり》を見送《みおく》る。

わたしたちはあっけにとられていた。

「……本当《ほんとう》に栗須《くりす》くんが呼《よ》んでたの？」

ためしに聞《き》いてみると、光《らいと》くんは肩《かた》をすくめて笑《わら》った。

「世《よ》の中《なか》には、ウソも方便《ほうべん》って言葉《ことば》があるんだよ。ときにはウソも必要《ひつよう》ってことさ」

「あー、いけないんだ！　オトメ心《ごころ》をもてあそんでる！」

ルビィがビシッと指《ゆび》をさすと、光《らいと》くんはあせったように小《ちい》さくホールドアップする。

わたしは四組《よんくみ》の壁《かべ》にかかった時計《とけい》を見《み》ながら言《い》った。

「でも、おかげで話《はなし》がややこしくならずに済《す》んだよ……昼休《ひるやす》みももう終《お》わっちゃうしね」

あと十分《じゅっぷん》くらいで昼休《ひるやす》みが終《お》わってしまう。そろそろ話《はなし》をまとめなきゃ。

「それで、また卯野《うの》さんに仕事《しごと》をね……そういえば、三園《みその》さんってこういうときなにしてるんだろ？」

「さぁな。でも三園《みその》が仕事《しごと》を引《ひ》き受《う》けて、卯野《うの》にたのむ。そういうやりかたで、あいつらは動《うご》いてる。きたねぇヤツらだぜ」

海《まりん》くんが憎《にく》しみをこめて言《い》う。三園《みその》さんたちがきたないかどうかはともかく、わたしと光《らいと》くんは「まぁまぁ」と言《い》ってなだめた。

「じゃあ、三園《みその》さんってどこから仕事《しごと》を持《も》ってきてるんだろうね？　よほどのアンテナがないかぎり、人数《にんずう》の多《おお》いわたしたちより先回《さきまわ》りすることはできないんじゃない？」

考《かんが》えたことを言《い》ってみると、海《まりん》くんは顔《かお》をしかめたまま止《と》まった。

「そうだな……なんだか妙《みょう》だぜ。もしかしたら、あいつらがポルターガイストを」

「あぁ、それはきっと生徒会《せいとかい》に目安箱《めやすばこ》を設置《せっち》したからだよ」

海《まりん》くんの推理《すいり》をさえぎって、光《らいと》くんがあっさりと答《こた》えた。

「ちょっと前《まえ》にね、生徒会室《せいとかいしつ》の前《まえ》に箱《はこ》を置《お》いたんだ。おなやみ相談《そうだん》受けつけます、みたいな感《かん》じで……」

「えー、なにそれ！　ルビィたちのマネじゃん！」

これにはルビィも怒《おこ》り、髪《かみ》の毛《け》を逆立《さかだ》たせて足《あし》ぶみする。わたしはルビィをなだめた。

「でも、それを禁止《きんし》にする権利《けんり》はわたしたちにないし……ちょっとムッとするけどね」

そんなわたしの言葉《ことば》に、光《らいと》くんも困《こま》った顔《かお》で「そうなんだよね」とうなずく。それから周囲《しゅうい》を見回《みまわ》し、わたしたちにしか聞《き》こえない声《こえ》で続《つづ》けた。

わたしとルビィ、海《まりん》くん、ターちゃんは光《らいと》くんの声《こえ》を聞《き》こうと、自然《しぜん》と輪《わ》になって耳《みみ》をそばだてる。

「生徒会活動《せいとかいかつどう》のとき、すきを見《み》て調《しら》べてたんだけど……どうも、あのふたりもポルターガイストの件《けん》を調《しら》べてるようなんだ」

「えっ？　そうなの？」

ルビィが小声《こごえ》でおどろく。光《らいと》くんは、こくんとうなずいた。

「目安箱《めやすばこ》には、あのさわぎについての相談《そうだん》もきててね……ただ、それは生徒会《せいとかい》ではどうにもできないし、赤井先輩《あかいせんぱい》も困《こま》ってる。それなのに、三園《みその》さんはそっせんしてポルターガイストの件《けん》を調《しら》べてるんだ。それで運動部《うんどうぶ》のなやみごとに敏感《びんかん》なんだと思《おも》うよ」

三園《みその》さんと卯野《うの》さんもポルターガイストの事件《じけん》を調《しら》べてる？

ルビィと海《まりん》くんを見《み》ると、ふたりはイヤそうに顔《かお》をしかめていた。

「なんだよ、それ！　ズルだ！」

海《まりん》くんが怒《おこ》って言《い》う。これに光《らいと》くんはあきれ声《ごえ》を返《かえ》した。

「ズルって……でもね、生徒《せいと》たちは僕《ぼく》ら支援部《しえんぶ》よりも生徒会《せいとかい》に助《たす》けを求《もと》めている。悪《わる》いけど、これはしかたないかなって思《おも》うよ……支援部《しえんぶ》はまだまだできたばかりだから」

「おい、光《らいと》！　おまえはどっちの味方《みかた》なんだよ！」

海《まりん》くんが光《らいと》くんの肩《かた》をつかんでゆさぶった。そんな双子《ふたご》の脇《わき》で、わたしは顎《あご》をつまみながら考《かんが》える。

「もう、こはく、海《まりん》くんを止《と》めて！」

「こはくちゃん！」

ルビィとターちゃんが海《まりん》くんを羽交《はが》いじめにしようとしながら、わたしに助《たす》けを求《もと》める。

その声《こえ》もあんまり聞《き》こえていなかった。

光《らいと》くんの話《はなし》を聞《き》くまで、三園《みその》さんたちがポルターガイストを引《ひ》きよせてるんじゃないかと思《おも》ったんだけど、それはハズレみたい。それがわかったと同時《どうじ》に、わたしはなんだかホッとしていた。

やっぱり、三園《みその》さんと卯野《うの》さんは悪《わる》い子《こ》じゃない。それがわかっただけでも、わたしの心《こころ》はすこしだけ晴《は》れる。

でもまたナゾが深《ふか》まってしまったのも事実《じじつ》。

ポルターガイストはいったい、どこからやってきたんだろう？

4．一歩《いっぽ》の勇気《ゆうき》から見《み》えたもの

ポルターガイストの真相《しんそう》を知《し》るために、放課後《ほうかご》、わたしはなにをするべきか考《かんが》えた。

とにかく、運動部《うんどうぶ》の様子《ようす》が知《し》りたい。でも、助《すけ》っ人《と》ができるほどの運動能力《うんどうのうりょく》はないし、そもそも卯野《うの》さんが助《すけ》っ人《と》に入《はい》っちゃうから、うまく潜入《せんにゅう》できない。

ルビィがトイレに出《で》かけているので、ひとり考《かんが》えながらろうかを歩《ある》いていると、生徒会《せいとかい》の三年生《さんねんせい》たちが掲示板《けいじばん》のポスターを貼《は》りかえているのを見《み》つけた。ストレートの黒髪《くろかみ》をした男子《だんし》の先輩《せんぱい》と、オトナっぽいセミロングヘアの女子《じょし》の先輩《せんぱい》がふり返《かえ》る。

「あら、どうかした？」

立《た》ち止《ど》まるわたしに、女子《じょし》の先輩《せんぱい》が話《はな》しかけた。たしか、生徒会会計《せいとかいかいけい》の志藤凛先輩《しどうりんせんぱい》だ。

「あ、あ……えっと……」

先輩《せんぱい》と話《はな》すのって、すごく緊張《きんちょう》するんだよね……。それに、いまはルビィがいない。

あ、わたし、いつもこういうとき、ルビィにたよってばかりだったんだな……。

それに気《き》づき、こぶしをギュッとにぎって、勇気《ゆうき》をふりしぼる。

「あの！　そのポスター、見《み》せてください！」

「え？　うん、いいよ」

志藤先輩《しどうせんぱい》は外《はず》したポスターをわたしてくれた。広《ひろ》げると、そっけない黒字《くろじ》が中心《ちゅうしん》に集《あつ》まっている。目立《めだ》たないポスターだから、いままでぜんぜん気《き》がつかなかった。

文字《もじ》を読《よ》んでいると、志藤先輩《しどうせんぱい》が愛想《あいそ》よく言《い》った。

「それね、実《じつ》はまだ募集《ぼしゅう》してるの。ほかのポスターを貼《は》りたいから、外《はず》しちゃっただけ」

「そうなんですか……」

「興味《きょうみ》ある？」

「はい！　実《じつ》はその、えーっと、わたしは学校支援部《がっこうしえんぶ》なんですけど、学校《がっこう》で起《お》きてる事件《じけん》を解決《かいけつ》したくて……それで、ちょっとやってみたいなって思《おも》ったんです！」

なかなかうまく言葉《ことば》が出《で》てこなかったけど、先輩《せんぱい》たちはほほえみながら聞《き》いてくれた。

志藤先輩《しどうせんぱい》の横《よこ》にいた男子《だんし》の先輩《せんぱい》が、なにかを思《おも》い出《だ》したように手《て》をポンと打《う》つ。

「あぁ、君《きみ》がウワサの支援部《しえんぶ》の子《こ》か。三園《みその》さんと光《らいと》くんから聞《き》いてるよ」

名札《なふだ》を見《み》ると、結城廉太郎《ゆうきれんたろう》と書《か》いていた。なるほど、生徒会《せいとかい》の副会長《ふくかいちょう》さんだとすぐに気《き》がつく。

結城先輩《ゆうきせんぱい》は感動《かんどう》したように天井《てんじょう》をあおいだ。

「学校《がっこう》のためを考《かんが》えてくれるなんて、すごくいい子《こ》じゃないか。よし、僕《ぼく》が許可《きょか》しよう！

これからも生徒会《せいとかい》といっしょに学校《がっこう》の支援活動《しえんかつどう》、がんばってね」

結城先輩《ゆうきせんぱい》がやさしく言《い》う。志藤先輩《しどうせんぱい》もうんうんとうなずいている。

「ありがとうございます！」

わたしはペコっとおじぎすると、ポスターを返《かえ》して教室《きょうしつ》にもどった。

すぐに体操服《たいそうふく》とジャージをつかんで、部室《ぶしつ》へ走《はし》る。

「こはくぅー！」

部室《ぶしつ》へ行《い》くとちゅう、ルビィがうしろから走《はし》ってきたのでふりかえった。

「急《きゅう》にいなくなっちゃったからびっくりしたよ！　待《ま》ってててって言《い》ったのに！」

「ごめん、ごめん。いいこと思《おも》いついたから、つい……」

「え？　いいことって、なあに？」

ルビィが首《くび》をかしげる。わたしは体操服《たいそうふく》をかかげた。

「体験入部《たいけんにゅうぶ》するの！」

部活《ぶかつ》の体験入部《たいけんにゅうぶ》。それは、おもに一年生《いちねんせい》が部活《ぶかつ》を決《き》めるためにあらゆる部活《ぶかつ》への体験《たいけん》、見学《けんがく》をすること。

でも、うちの学校《がっこう》では一年生《いちねんせい》だけじゃなくて二年生《にねんせい》や三年生《さんねんせい》もいつでも体験入部《たいけんにゅうぶ》できるらしい。そのポスターを、さっき生徒会《せいとかい》の人《ひと》たちから見《み》せてもらって、思《おも》いついたんだ。

これをやれば、ぜんぶのことが解決《かいけつ》できそうな気《き》がする！

「体験入部《たいけんにゅうぶ》なら、卯野《うの》さんにジャマされず、堂々《どうどう》と部活《ぶかつ》に潜入《せんにゅう》できるよ！」

そう言《い》うと、ルビィは目《め》をかがやかせた。

「なるほどぉ！　名案《めいあん》だね！」

「ひとまず手続《てつづ》きしなきゃ。先生《せんせい》に申請書《しんせいしょ》をいっぱいもらいに行《い》くよ。生徒会副会長《せいとかいふくかいちょう》の許可《きょか》ももらったし、ふたりで体験入部《たいけんにゅうぶ》しよう！」

「うん！」

わたしとルビィは気合《きあ》いを入《い》れて、今度《こんど》は職員室《しょくいんしつ》へ向《む》かった。

＊＊＊

三枝先生《さえぐさせんせい》に申請書《しんせいしょ》を出《だ》して、サインをもらって、体操服《たいそうふく》に着《き》がえると、わたしたちはさっそくバスケ部《ぶ》へ向《む》かった。

今日《きょう》も卯野《うの》さんが、助《すけ》っ人《と》としてあざやかなプレーを見《み》せている。ルビィが手《て》をふったけど、卯野《うの》さんはプイッと目《め》をそらすだけ。

そして、わたしたちは三年生《さんねんせい》の先輩《せんぱい》たちに囲《かこ》まれ、困《こま》らせていた。

「体験入部《たいけんにゅうぶ》かぁ……」

「教《おし》える時間《じかん》なんてないけど……」

そんな声《こえ》に、わたしは『あぁ、そうですよね、すみません……』と心《こころ》の中《なか》で思《おも》わず謝《あやま》ってしまう。先輩《せんぱい》たちの気持《きも》ちを考《かんが》えずに、迷惑《めいわく》かけちゃうかなぁ……

「だいじょうぶ！　ジャマしないから！　です！」

すっかりひるんだわたしとは反対《はんたい》に、ルビィが元気《げんき》よく言《い》う。変《へん》な敬語《けいご》になってるけど、先輩《せんぱい》たちは気《き》にしていない様子《ようす》。

それよりも、早《はや》く練習《れんしゅう》したいのか、集《あつ》まっていた先輩《せんぱい》たちはあきれたように肩《かた》をすくめると、コートへもどった。

部長《ぶちょう》の種島先輩《たねしませんぱい》だけが残《のこ》り、わたしたちを不安《ふあん》そうに見《み》つめる。

「あなたたち、たしか支援部《しえんぶ》だよね？　ほら、この前《まえ》、バレー部《ぶ》に助《すけ》っ人《と》しに……」

「そうです。本当《ほんとう》におジャマはしません。雑用《ざつよう》でもなんでもするので、お願《ねが》いします！」

わたしが必死《ひっし》になって言《い》うと、種島先輩《たねしませんぱい》はすこし笑《わら》って言《い》った。

「雑用《ざつよう》をさせる気《き》はないよ。ただ本当《ほんとう》に大会前《たいかいまえ》で、部員《ぶいん》も休《やす》んでピンチで……よゆうがないんだよね」

「それは、わかってます！」

「そっか……うん、わかった。じゃあ、コートに入《はい》って、ストレッチから。とちゅうで、きつい言《い》い方《かた》したらごめんね。気《き》にしないで」

先輩《せんぱい》はそう言《い》うと、コートにもどっていく。珠莉《じゅり》にわたしたちの対応《たいおう》をまかせるように指示《しじ》した。これに珠莉《じゅり》も、とまどった顔《かお》をしながら、わたしたちの元《もと》へやってきて言《い》う。

「話《はなし》は聞《き》いた。まさかふたりが体験入部《たいけんにゅうぶ》にね……」

「よろしくおねがいします！」

ルビィが、ぺこりとおじぎする。

「ごめんね、珠莉《じゅり》。ありがとう」

わたしもお礼《れい》を言《い》って、ぺこりとおじぎ。

「ふたりの熱意《ねつい》はつたわったよ。それじゃ、まずはストレッチをして体《からだ》をほぐそう！　そのあとにボールと友《とも》だちになる。ビシバシいくから覚悟《かくご》してね！」

「はい！」

元気《げんき》よく返事《へんじ》するわたしとルビィ。珠莉《じゅり》は意外《いがい》そうに目《め》を丸《まる》くしたけど、気《き》を取《と》り直《なお》して説明《せつめい》してくれる。

珠莉《じゅり》の指導《しどう》のもと、体《からだ》をしっかり曲《ま》げのばす。ルビィとふたりでじっくり、足《あし》をのばすストレッチを終《お》えると、珠莉《じゅり》がボールを持《も》って、わたしたちの前《まえ》に立《た》った。

「入部《にゅうぶ》したらまずは、体力《たいりょく》づくりのために筋《きん》トレやランニングをするんだけど、体験《たいけん》入部《にゅうぶ》だから省略《しょうりゃく》するね。ボールに慣《な》れなきゃ、バスケはできない」

そう言《い》って、珠莉《じゅり》は持《も》っていたボールをわたしにパスした。パスのしかた、ひとつひとつ動《うご》きが独特《どくとく》でむずかしい。ボールをはじくイメージでパスするんだって。

「そうそう、ルビィちゃんはカンがいいね！　上手《うま》い上手《うま》い！　こはくはもっと思《おも》い切《き》ってやってみて！」

三人《さんにん》でパス回《まわ》しをする。ルビィはすぐにコツをつかんでいて、バシュバシュ音《おと》を鳴《な》らしてパスを回《まわ》すけど、わたしのパスはぜんぜん音《おと》が鳴《な》らなくて弱々《よわよわ》しい。やっぱりわたしより、身体能力《しんたいのうりょく》が高《たか》いルビィのほうが上手《じょうず》だ。

次《つぎ》にドリブルの練習《れんしゅう》。これもけっこうむずかしい。ボールを手《て》にすいつかせるイメージで、床《ゆか》にバウンドさせなきゃいけないんだって。

これにはルビィもイメージがつかないのか苦戦《くせん》していて、わたしたちはひとまずコート脇《わき》でドリブルの練習《れんしゅう》をくりかえすことになった。

「もっと力強《ちからづよ》くボールを床《ゆか》に打《う》ちつける！　こう！」

ダムダムと床《ゆか》を鳴《な》らす珠莉《じゅり》の強《つよ》いドリブルを見《み》ても、なぜかわたしたちのボールは同《おな》じようにはできない。

「手《て》のひらが広《ひろ》がりすぎ！　ボールをつかむように……うん、そうそう。そのままくり返《かえ》して！」

わたしは言《い》われたとおり、いっしょうけんめいがんばった。

ルビィも真剣《しんけん》にボールを打《う》ちつけるけど、楽《たの》しいみたいでずっと笑《わら》ってる。

「おもしろい！」

「ルビィちゃん、それ猫《ねこ》パンチだから！」

珠莉《じゅり》に怒《おこ》られても、ルビィはうれしそうにボールをつく。わたしはひたすら言《い》われたとおりにがんばる。

そうして、しばらく珠莉《じゅり》コーチの指導《しどう》で練習《れんしゅう》していると、種島先輩《たねしませんぱい》が声《こえ》をかけてきた。

「珠莉《じゅり》！　試合《しあい》やるよ！」

「あ、はい！　ごめんね、こはく。わたし、行《い》ってくる！」

珠莉《じゅり》は申《もう》しわけなさそうに言《い》った。

「うん、ありがとう！　がんばって！」

「おー！」

元気《げんき》にコートへ入《はい》っていく珠莉《じゅり》を見送《みおく》り、わたしとルビィはひとまずドリブル練習《れんしゅう》をストップした。

練習試合《れんしゅうしあい》が始《はじ》まる。ずっと自分《じぶん》たちの練習《れんしゅう》で気《き》づかなかったけど、先輩《せんぱい》たちや二年生《にねんせい》部員《ぶいん》の子《こ》たちの顔《かお》つきが、さらに引《ひ》きしまっているように見《み》えた。

三年生《さんねんせい》と二年生《にねんせい》の混合《こんごう》チームがふたつ。珠莉《じゅり》は種島先輩《たねしませんぱい》のチームで、その相手《あいて》が卯野《うの》さんのチーム。ホイッスルの音《おと》とともにふたつのチームがぶつかりあう。

コートの中《なか》を十人《じゅうにん》の選手全員《せんしゅぜんいん》が走《はし》ってボールを取《と》り合《あ》う。

「うわぁー！　うわぁー！　すごいね、こはく！　ワクワクしちゃう！」

ルビィは楽《たの》しそうに観戦《かんせん》している。わたしも、ちょっとワクワクしてきた。

ドリブルやパス、動《うご》きのひとつひとつにキレがあって力強《ちからづよ》い。

その強《つよ》さに圧倒《あっとう》される。ぶつかりそうになるのに、なぜだかわたしの気分《きぶん》に恐怖《きょうふ》はなく、この試合《しあい》の行《ゆ》く末《すえ》を見守《みまも》りたくなっている。

「ん……でも、なんだか苦《くる》しそう？」

ふと、ルビィがつぶやく。

わたしは先輩《せんぱい》たちの顔《かお》を見《み》た。うん、たしかに苦《くる》しそう。そりゃ、はげしく動《うご》くスポーツだし、とてつもない体力《たいりょく》が必要《ひつよう》だろう。わたしなら、すぐにつかれて走《はし》れない。

でも、これまではげしくトレーニングをしてきた先輩《せんぱい》たちの苦《くる》しそうで、どこかきゅうくつそうな表情《ひょうじょう》を見《み》ていると、なんだか違和感《いわかん》をおぼえた。

先輩《せんぱい》たちが二年生《にねんせい》のプレーに追《お》いついてないし、表情《ひょうじょう》もけわしくなっていく。

「珠莉《じゅり》！　ちゃんとパス回《まわ》して！」

「すみません！」

珠莉《じゅり》が種島先輩《たねしませんぱい》に怒《おこ》られる。でも、珠莉《じゅり》はちゃんと先輩《せんぱい》に向《む》けてパスを回《まわ》していた。先《せん》輩《ぱい》がとりこぼしたボールが卯野《うの》さんにとられ、また試合《しあい》の流《なが》れが変《か》わっていく。

その状況《じょうきょう》がしばらく続《つづ》いた。

＊＊＊

「一日体験《いちにちたいけん》おつかれさま！　ごめんね、あまりかまってやれなくて」

部活《ぶかつ》が終《お》わり、帰《かえ》り際《ぎわ》に種島先輩《たねしませんぱい》から言《い》われた。

「いいえ、楽《たの》しかったです。ありがとうございました！」

はじめと同《おな》じように、ぺこりとおじぎすると、ルビィも横《よこ》であわてておじぎする。

種島先輩《たねしませんぱい》はあせだくの顔《かお》をこわばらせたままで、あまりおだやかじゃなかった。

「大会《たいかい》が近《ちか》くてね、やっぱりよゆうがないんだ……まぁ、また興味《きょうみ》があったらきてよ」

そう言《い》って更衣室《こういしつ》へ向《む》かう。その先輩《せんぱい》の背中《せなか》に、わたしは思《おも》わず呼《よ》びかけた。

「あの、種島先輩《たねしませんぱい》！　えっと……今日《きょう》の試合《しあい》、楽《たの》しかったですか？」

「え？」

「いや、あの、なんだか先輩《せんぱい》が苦《くる》しそうで……大会前《たいかいまえ》で大変《たいへん》だとは思《おも》うんですけど……」

わたしの言葉《ことば》に、種島先輩《たねしませんぱい》は眉《まゆ》をひそめた。怒《おこ》らせちゃったかな。どうしよう。

そんな不安《ふあん》がよぎると、ルビィがわたしの手《て》をそっとにぎってくれる。

安心《あんしん》して顔《かお》をあげてみれば、種島先輩《たねしませんぱい》が苦笑《にがわら》いしていた。

「そう見《み》えちゃったんだ……うーん、そう言《い》われちゃうと、そうかもね。あたし、いまはぜんぜん楽《たの》しんでない」

「それはどうしてですか？」

「……どうしてかな。それがわかればいいんだけど」

それは気持《きも》ちをかくすようではなく、本当《ほんとう》に思《おも》い当《あ》たらないようだった。

5．作戦開始《さくせんかいし》

次《つぎ》の日《ひ》はバレーボール部《ぶ》、その次《つぎ》はテニス部《ぶ》、その次《つぎ》は陸上部《りくじょうぶ》とひとつずつ体験入部《たいけんにゅうぶ》をしていくわたしとルビィ。その作戦《さくせん》に乗《の》っかった海《まりん》くんも男子《だんし》の部活《ぶかつ》に参加《さんか》しはじめた。

「まったく、その手《て》があったとはなぁ」

体験入部《たいけんにゅうぶ》が終《お》わって部室《ぶしつ》で休《きゅう》けいしていると、サッカー部《ぶ》から帰《かえ》ってきた海《まりん》くんがあせだくで言《い》った。

「海《まりん》ね、大活躍《だいかつやく》だったんだよ！」

ターちゃんがほくほくとうれしそうに言《い》い、ひとり元気《げんき》に天井《てんじょう》を飛《と》び回《まわ》っている。海《まりん》くんも照《て》れくさそうに笑《わら》い、調子《ちょうし》に乗《の》ったように言《い》う。

「だってオレ、体育得意《たいいくとくい》だもーん」

「ねえ、そういえば、ターちゃんの砂時計《すなどけい》、なんだかすごくたまってるよ」

海《まりん》くんをあしらうルビィが、ゲーム機《き》のような丸《まる》い端末《たんまつ》を動《うご》かしながら言《い》った。

「おい、無視《むし》すんじゃねーよ」

怒《おこ》る海《まりん》くんにかまわず、わたしもルビィに聞《き》く。

「それ、なに？」

「霊界《れいかい》にある砂時計《すなどけい》を見《み》るやつ！　親愛《しんあい》のカケラはお空《そら》の砂時計《すなどけい》に集《あつ》められるでしょ？　それがどのくらいたまったのか見《み》るためのデータチェック！」

「なるほど、霊界《れいかい》もデジタルなんだね」

感心《かんしん》しながら端末《たんまつ》の画面《がめん》を見《み》ると、中心《ちゅうしん》に砂時計《すなどけい》の形《かたち》のアイコンがあり、その下《した》にターコイズと名前《なまえ》がついている。ターちゃんの砂時計《すなどけい》は……

「ひゃ、一二〇個《ひゃくにじゅっこ》!?　すっごい……」

「えっへん！　ぼくは優等生《ゆうとうせい》だからね！」

ターちゃんが胸《むね》を張《は》ると、すかさず海《まりん》くんが言《い》った。

「オレの働《はたら》きがいいんだよ」

わたしたちの間《あいだ》にわりこんでくる海《まりん》くん。かまってあげないと、さびしいみたいだ。

「やぁ、おつかれさま」

その声《こえ》と同時《どうじ》に部室《ぶしつ》のドアがひらく。入《はい》ってきたのは光《らいと》くんだった。

「あ、光《らいと》くん！　ねぇねぇ、海《まりん》くんってそんなに有能《ゆうのう》なの？」

すかさずルビィが、むじゃきに聞《き》くと、光《らいと》くんは「え？」と首《くび》をかしげた。

「ターちゃんの砂時計《すなどけい》、すごくたまってて、すごいねって話《はなし》をしてたの。海《まりん》くん、調子《ちょうし》に乗《の》って『オレの働《はたら》きがいいんだよ』って」

わたしも言《い》うと、光《らいと》くんはあきれながら口《くち》をひらいた。

「いや、海《まりん》が学校《がっこう》に行《い》って授業《じゅぎょう》を受《う》けるだけで親愛《しんあい》のカケラがたまるんだよ……そして、いまは部活《ぶかつ》もしてる。先生《せんせい》たちからの株《かぶ》が爆《ばく》あがりなんだ」

なぁんだ……。わたしもルビィもあきれて天井《てんじょう》を見《み》た。

「そんなことで親愛《しんあい》のカケラが集《あつ》まるの？　ズルくない？」

「ズルくない！　いままでのオレとはちがうんだ！」

海《まりん》くんが怒《おこ》る。それでもわたしたちは、不信《ふしん》な目《め》をしていた。

光《らいと》くんが淡々《たんたん》と説明《せつめい》する。

「ふだん素行《そこう》が悪《わる》いヤツがいいことをすると、みんなが感心《かんしん》して信頼《しんらい》するんだ。実《じつ》はいい人《ひと》なんじゃないかっていうフィルターがかかる現象《げんしょう》だね。ま、長《なが》くは続《つづ》かないさ」

わたしたちは「なるほど」とうなずいた。たしかに、そういう見《み》え方《かた》になるよね。

これに海《まりん》くんが、つくえをたたいて抗議《こうぎ》した。

「おまえら、オレのことをロクでなしだと思《おも》ってるだろ！　ひどくない!?」

ちょっと涙目《なみだめ》になってる。あぁ、いじわるしすぎたかも。

わたしはあわてて、なぐさめの言葉《ことば》をかけた。

「ごめんごめん。でも、なんだかラクして親愛《しんあい》のカケラを集《あつ》めてるように思《おも》えちゃって、単純《たんじゅん》に嫉妬《しっと》しちゃう」

「こはくまでそんなことを言《い》う……あんまりだろ！」

海《まりん》くんはムスッとすねてしまった。そんな海《まりん》くんにかまわず、ルビィがあっけらかんと光《らいと》くんに聞《き》く。

「ところで、光《らいと》くんはなんの用《よう》？　生徒会《せいとかい》、終《お》わったの？」

「えっと、僕《ぼく》も一応《いちおう》、この部活《ぶかつ》のメンバーなんだけど……生徒会《せいとかい》の仕事《しごと》が一段落《いちだんらく》したから様子《ようす》を見《み》にきてみたんだ」

光《らいと》くんは困《こま》ったように笑《わら》った。そのとき、ターちゃんがとまり木《ぎ》のところで、ため息《いき》をついてつぶやいた。

「すなおにいっしょに帰《かえ》ろって言《い》えばいいのにー」

「え？」

すぐさま光《らいと》くんが反応《はんのう》すると、ターちゃんがすました顔《かお》で続《つづ》けた。

「光《らいと》、そう思《おも》ってるんでしょ？　バレバレだからー」

「なっ、おい、なに言《い》って……」

光《らいと》くんが、あわててとまり木《ぎ》のところへ行《い》く。

ターちゃんは首《くび》をかしげながら、さらに言《い》った。

「だって、ほんとのことじゃん。光《らいと》ってね、いつも家《いえ》に帰《かえ》ってきて『またみんなと部活《ぶかつ》できなかった』って落《お》ちこんでるんだよ」

「ちょっ、ターコイズ！　お願《ねが》いだからだまって！」

光《らいと》くんはあせったように、ターちゃんのくちばしをふさぐ。わたしとルビィはあっけにとられ、思《おも》わずふきだした。

すると光《らいと》くんもムスッとしてしまう。海《まりん》くんも顔《かお》をしかめてるから、おそろいの顔《かお》つきだ。今日《きょう》は双子《ふたご》がフキゲンになっちゃう日《ひ》みたい。

わたしは、ふたりに笑《わら》いかけながら言《い》った。

「光《らいと》くんも海《まりん》くんも、いつもおつかれさま。いっしょに部活《ぶかつ》できてうれしいよ」

すると、ふたりは顔《かお》を見合《みあ》わせて照《て》れたように顔《かお》をそむける。

「えっと、それで最近《さいきん》はどう？　なにかわかった？」

あ、光《らいと》くんが話《はなし》をそらした。わたしも気《き》を取《と》り直《なお》して言《い》う。

「そうだね……いろんな運動部《うんどうぶ》に潜入《せんにゅう》してわかったのは、部員《ぶいん》のみんながギスギスしてることかな」

「部員《ぶいん》のみんなか……それもポルターガイストのせいかな」

光《らいと》くんが考《かんが》えるように低《ひく》い声《こえ》で言《い》う。すると、海《まりん》くんがようやく口《くち》をひらいた。

「いや、部員全員《ぶいんぜんいん》というより主《おも》に三年《さんねん》だ。三年生《さんねんせい》が明《あき》らかに部員《ぶいん》たちにきつい。そのせいでギスギスしてるんだよ。現《げん》に、二年《にねん》だけの剣道部《けんどうぶ》はギスギスしてないし、事件《じけん》もない」

「え？　剣道部《けんどうぶ》ってけっきょく、ポルターガイストが出《で》なかったの？」

そういえば、最初《さいしょ》の調査《ちょうさ》で剣道部《けんどうぶ》だけが、まだなにも起《お》きてないという状態《じょうたい》だった。

海《まりん》くんは「あぁ」とふんぞりかえってうなずく。

「今日《きょう》、昼休《ひるやす》みに剣道部《けんどうぶ》のやつらに聞《き》いたんだ」

「たしかに、剣道部《けんどうぶ》での報告《ほうこく》はこっちにもきてないな」

どうやら生徒会《せいとかい》にいる光《らいと》くんにも被害報告《ひがいほうこく》がとどいてないから、本当《ほんとう》なんだろう。

じゃあ、海《まりん》くんの言《い》うとおり、三年生《さんねんせい》が原因《げんいん》なのかな？

考《かんが》えてみる。思《おも》い出《だ》すのは、バスケ部《ぶ》でのこと……。

「そうだ。三年生《さんねんせい》は今年《ことし》で最後《さいご》だから、大会《たいかい》でいい結果《けっか》を残《のこ》したいって必死《ひっし》なの。そのせいで、心《こころ》のよゆうがないって言《い》ってたよ」

楽《たの》しくないと言《い》っていた種島先輩《たねしませんぱい》を思《おも》い出《だ》す。ほかの先輩《せんぱい》たちにも聞《き》けるだけ聞《き》いたら、同《おな》じような答《こた》えがかえってきたんだよね。すると、ルビィも手《て》をあげながら言《い》う。

「はいはい！　それって、ちょっと前《まえ》のルビィみたいだよね！　たしかに、気持《きも》ちがあせちゃうと周《まわ》りが見《み》えなくなっちゃうもん」

「そっか……みんなストレスをかかえてるんだね」

光《らいと》くんがボソッとつぶやく。

その言葉《ことば》を聞《き》きのがさなかったわたしは、急激《きゅうげき》にひらめいた。

「光《らいと》くん、それだよ！」

「えっ？　どれ？」

おどろく光《らいと》くんに近《ちか》づいて、わたしはいきおいよく言《い》った。

「光《らいと》くんがムーンライトに憑依《ひょうい》されたのって、ストレスをかかえてたってことだよね？」

「え？　うん……」

「ほら、悪霊《あくりょう》って人間《にんげん》の弱《よわ》みにつけこむって。そのせいでポルターガイストが生《う》まれたんだとしたら、いろいろと辻褄《つじつま》が合《あ》うよね!?」

「おい、わかるように話《はな》せ」

光《らいと》くんがおどろいたように目《め》を丸《まる》くする。これに、海《まりん》くんがフキゲンそうに言《い》った。

「えっ、えーっと、だから……もうっ！　なんでわかんないの！」

このひらめきがつたわらないことに、わたしは足《あし》ぶみした。

うーん！　どうしたらわかりやすく言《い》えるの！

すると横《よこ》で光《らいと》くんがうなずいて、冷静《れいせい》に言《い》った。

「つまり、こはくちゃんが言《い》いたいのは、三年生《さんねんせい》たちがかかえるストレスがポルターガイストを生《う》み出《だ》したってこと？」

きれいに言葉《ことば》をまとめてくれる。わたしは興奮《こうふん》したまま、ビシッと人《ひと》さし指《ゆび》を、光《らいと》くんに向《む》けて言《い》った。

「そう！　みんなの不安《ふあん》やあせりが集《あつ》まって、ポルターガイストが生《う》まれたの！」

「なるほど……その考《かんが》え、当《あ》たってると思《おも》う。どうかな、ルビィちゃん」

光《らいと》くんの問《と》いで、みんなの目《め》がルビィに集中《しゅうちゅう》する。ルビィは思《おも》い出《だ》すように真剣《しんけん》な顔《かお》をした。

「悪霊《あくりょう》は人間《にんげん》のストレスをエサにする……ポルターガイストは人間《にんげん》のストレスを通《つう》じていたずらをする……あっ、ベリル先生《せんせい》が言《い》ってた！」

ルビィの答《こた》えに、わたしたちは顔《かお》を見合《みあ》わせた。でも……

「それじゃあ、どうやって倒《たお》したらいいんだろう？」

光《らいと》くんの困《こま》った声《こえ》に、わたしの興奮《こうふん》が一気《いっき》にさめる。

新《あら》たな問題《もんだい》が出《で》てきちゃった。三年生《さんねんせい》たちの不安《ふあん》が解消《かいしょう》すれば、ポルターガイストは消《き》えるの？　でも、どんどん強《つよ》くなっているし、先輩《せんぱい》たちひとりひとりのケアをいまからするのはむずかしい。

しかも、不安《ふあん》のあまりポルターガイストを生《う》んで強《つよ》くして、さらに不安《ふあん》を招《まね》いてるわけだし、とてもやっかいだ。

「そういえば、サッカー部《ぶ》の三年《さんねん》が言《い》ってたぞ」

考《かんが》えていると、海《まりん》くんが思《おも》い出《だ》したように言《い》う。

「今度《こんど》の球技大会《きゅうぎたいかい》、だるいなって」

それはただの不満《ふまん》でしょ。すぐにそう思《おも》ったけれど、すこし引《ひ》っかかる。

「それって、どういう感《かん》じで言《い》ってたの？　単純《たんじゅん》に『めんどくさい』って気持《きも》ちなの？」

「それはどうだろ……でもまぁ、しかたないんじゃね？　公式《こうしき》の大会前《たいかいまえ》に球技大会《きゅうぎたいかい》なんかでケガしたくないだろうし」

なるほど……

球技大会《きゅうぎたいかい》の種目《しゅもく》は男子《だんし》がサッカーで女子《じょし》がバレーボール。大事《だいじ》な大会前《たいかいまえ》にケガなんかしたらおおごとだ。その不安《ふあん》が一番大《いちばんおお》きそうだな。

じっさい、種島先輩《たねしませんぱい》の不安《ふあん》そうなプレーも、そこからきてたのかもしれないよね。

「いっそ球技大会《きゅうぎたいかい》を中止《ちゅうし》にしてしまうか？」

海《まりん》くんが笑《わら》いながら言《い》うけど、すぐに光《らいと》くんが首《くび》を横《よこ》にふった。

「そんなこと、できるわけないだろ。球技大会《きゅうぎたいかい》を楽《たの》しみにしている生徒《せいと》だっているんだから、イベントの急《きゅう》な中止《ちゅうし》はムリだ」

「冗談《じょうだん》だよ。言《い》ってみただけ」

「でも大会《たいかい》が中止《ちゅうし》になったら、廃部《はいぶ》の件《けん》もうやむやになりそうだよねー」

ルビィもわたしをチラリと見《み》ながら言《い》うけれど、さすがに中止《ちゅうし》にするのはムリなので、わたしはしずかに首《くび》を横《よこ》にふった。

「じゃあ、球技大会前《きゅうぎたいかいまえ》にポルターガイストをやっつけようぜ！　そうすりゃ、すこしはこの不安《ふあん》もなくなるだろ」

海《まりん》くんがすぐに提案《ていあん》する。

「そうだな……事態《じたい》を収束《しゅうそく》するには早《はや》いほうがいいし」

光《らいと》くんも腕《うで》を組《く》みながら言《い》うけど、眉《まゆ》をひそめている。

すると、ルビィがめずらしく低《ひく》い声《こえ》で、ゆっくり言《い》った。

「でも、こうしてる間《あいだ》に、ポルターガイストはどんどん力《ちから》をつけてるよね。先輩《せんぱい》たちの不《ふ》安《あん》のタネが球技大会《きゅうぎたいかい》にあるなら、球技大会前《きゅうぎたいかいまえ》にポルターガイストを倒《たお》しても、またすぐに新《あたら》しいポルターガイストが生《う》まれるんじゃないかな」

ポルターガイストは目《め》に見《み》えない。被害報告《ひがいほうこく》が多《おお》いし、一体《いったい》だけとはかぎらない。三年《さんねん》生《せい》の数《かず》だけどんどん増《ふ》えていったり、大《おお》きくなったりしてる可能性《かのうせい》もあるんだ……。

じゃあ、どうしたらいい？　そんな空気《くうき》が流《なが》れ、部室《ぶしつ》はしんとしずかになった。

しばらく考《かんが》える。ルビィの言《い》うことが当《あ》たってるなら、球技大会当日《きゅうぎたいかいとうじつ》にポルターガイストはよりいっそう強《つよ》くなるだろう。

「あ……！」

わたしはパッと顔《かお》をあげた。全員《ぜんいん》の目《め》がわたしを見《み》る。

「ねえ、だったら球技大会《きゅうぎたいかい》の日《ひ》にポルターガイストを封印《ふういん》するのは？」

これに、すかさず海《まりん》くんが顔《かお》をゆがめる。

「は？　おまえ、話聞《はなしき》いてたか？　球技大会《きゅうぎたいかい》の日《ひ》じゃ、おせーだろ」

「でも、球技大会前《きゅうぎたいかいまえ》に倒《たお》したって意味《いみ》ないかもしれないんでしょ？　じゃあ、先輩《せんぱい》たちのストレスが高《たか》まる球技大会《きゅうぎたいかい》の日《ひ》、先輩《せんぱい》たちのストレスが一気《いっき》に集《あつ》まるその日《ひ》こそチャンスだよ！」

きっと、そうすれば先輩《せんぱい》たちの心《こころ》も晴《は》れるはず。心《こころ》が晴《は》れるということは、浄化《じょうか》するということ。やってみる価値《かち》はあると思《おも》う……！

わたしはきっと、得意《とくい》げな顔《かお》をしているのだろう。みんなの顔《かお》が、だんだんやわらぎ、わたしに期待《きたい》を向《む》ける。

「よし、そうしよう！」

ルビィが、元気《げんき》よくこぶしをあげる。

そうして四人《よにん》で顔《かお》を見合《みあ》わせて、同時《どうじ》にこくりとうなずいた。

＊＊＊

次《つぎ》の日《ひ》。わたしとルビィはいつものように運動部《うんどうぶ》へ体験入部《たいけんにゅうぶ》をしに、体操服《たいそうふく》に着《き》がえて歩《ある》いていた。そのとき、三園《みその》さんとすれちがう。

「副会長《ふくかいちょう》をねじふせたからって、いい気《き》にならないでよね」

つめたく言《い》う三園《みその》さんを、わたしはまっすぐ見《み》つめた。卯野《うの》さんはとっくに部活《ぶかつ》の助《すけ》っ人《と》かな。そう考《かんが》えていると、三園《みその》さんは眉《まゆ》をひそめ、ぐいっと顔《かお》を近《ちか》づける。

「なによ？」とフキゲンそうに言《い》うので、わたしは息《いき》をすって口《くち》をひらいた。

「ひとつだけわかってほしいのは、わたしたちもみんなのために戦《たたか》うってこと。三園《みその》さんだけじゃないいんだよ」

するど、三園《みその》さんは目《め》を泳《およ》がせてだまった。

きっと本当《ほんとう》の三園《みその》さんって、こんなふうにだれかを敵視《てきし》するタイプじゃないんだと思《おも》う。似合《にあ》わないキャラを演《えん》じているような……

この前見《まえみ》た三園《みその》さんの正義感《せいぎかん》はかっこよかったけど、ムリして背伸《せの》びしているように思《おも》えるんだよね。でも、まだ三園《みその》さんのことがわからないから、これからゆっくり知《し》りたいな。そう思《おも》っていると、三園《みその》さんはツンとした顔《かお》で口《くち》をひらいた。

「フン、まぁせいぜいがんばることね。体験入部《たいけんにゅうぶ》なんかにうつつを抜《ぬ》かしてたら、勝負《しょうぶ》に負《ま》けるわよ」

その言葉《ことば》に、わたしとルビィは顔《かお》を見合《みあ》わせる。

これに三園《みその》さんが、うたがうように目《め》をつりあげた。

「なによ……」

「だって、それも作戦《さくせん》のうちだから。ね、ルビィ」

「うん！」

そうして、あっけにとられる三園《みその》さんをあとにし、わたしたちは手《て》をつないで今日《きょう》の部《ぶ》活《かつ》へ走《はし》った。

第《だい》5話《わ》　波乱《はらん》の球技大会《きゅうぎたいかい》！

1．準備運動《じゅんびうんどう》は念入《ねんい》りに

球技大会当日《きゅうぎたいかいとうじつ》の朝早《あさはや》く、学校支援部《がっこうしえんぶ》の全員《ぜんいん》が部室《ぶしつ》に集《あつ》まる。

「それじゃ、ターちゃん。お願《ねが》い」

わたしが言《い》うと、ターちゃんは翼《つばさ》で敬礼《けいれい》のポーズをした。飛《と》び立《た》ち、海《まりん》くんに向《む》かってするどく叫《さけ》ぶ。

「海《まりん》、おねがい！」

海《まりん》くんは持《も》っていた宝石《ほうせき》を出《だ》してにぎった。淡《あわ》く透《す》きとおった海水《かいすい》のような色《いろ》の石《いし》は、アクアマリンだとわかる。わたしの琥珀石《こはくいし》と同《おな》じように、海《まりん》くんの持《も》つアクアマリンが霊界《れいかい》と通《つう》じる宝石《ほうせき》らしい。

しばらく海《まりん》くんは、アクアマリンをにぎって念《ねん》じていた。すぐにポンっと小《ちい》さな音《おと》を出《だ》して、アイテムが出《で》てくる。

「インカムンチュー！」

ターちゃんの親愛《しんあい》のカケラを使《つか》って出《で》てきたアイテムは、透明《とうめい》のワイヤレスイヤホン。ネズミの形《かたち》をしていてかわいい。うすく透《す》きとおる水色《みずいろ》が、ターちゃんっぽい色合《いろあ》いだった。それぞれ四人《よにん》ともインカムンチューを手《て》にとる。

「これでなにかあったときでもお話《はなし》ができるよ。これをつけたひと同士《どうし》じゃないと、インカムンチューが見《み》えないし、お話《はなし》もできないし、声《こえ》も聞《き》こえないんだ。もっとすごいのは悪霊《あくりょう》の感知《かんち》もできるところ！」

ターちゃんが得意《とくい》げに説明《せつめい》してくれる。とても便利《べんり》な道具《どうぐ》で感心《かんしん》しちゃう。

「ありがとう、ターちゃん」

わたしはターちゃんを指《ゆび》にとまらせ、頭《あたま》をなでた。ターちゃんがうれしそうに笑《わら》う。

「それじゃ、ヤツが出《で》たら報告《ほうこく》な」

さっそく海《まりん》くんが、インカムンチューを耳《みみ》につけながら言《い》う。光《らいと》くんとわたし、ルビィも耳《みみ》につけた。

「えっへん。それじゃあ、ルビィもひと仕事《しごと》しますか！　いでよ、ハートフォン！」

ルビィが手《て》をパンとたたくと、音《おと》を立《た》ててハート型《がた》の電話機《でんわき》があらわれる。これは前回《ぜんかい》、親愛《しんあい》のカケラと交換《こうかん》して買《か》ったアイテム。心《こころ》の声《こえ》を聞《き》くものだ。

ルビィは、これまでかかわってきた部活《ぶかつ》の先輩《せんぱい》たちの名前《なまえ》を入力《にゅうりょく》した。あとは顔写真《かおしゃしん》を撮《と》ったら先輩《せんぱい》たちの声《こえ》を聞《き》くことができる。

ふだんは部活《ぶかつ》やイベント以外《いがい》で会《あ》うことがない先輩《せんぱい》たち。でも、今日《きょう》は球技大会《きゅうぎたいかい》だから体育館《たいいくかん》で会《あ》うことができる。

『まもなく球技大会開始時間《きゅうぎたいかいかいしじかん》です。生徒《せいと》のみなさんは、グラウンドに集合《しゅうごう》してください』

放送《ほうそう》が全校《ぜんこう》にひびきわたる。すると、ルビィがこぶしをつきあげた。

「よーし、がんばるぞー！　おーっ！」

「おーっ！」

わたし、光《らいと》くん、海《まりん》くん、ターちゃんの声《こえ》がそろう。以前《いぜん》とくらべて、わたしたちの団《だん》結力《けつりょく》があがった。

部室《ぶしつ》を出《で》る。グラウンドへと向《む》かい、クラスごとに整列《せいれつ》した。

やがて、校長先生《こうちょうせんせい》のあいさつ、体育委員長《たいいくいいんちょう》のあいさつ、生徒会長《せいとかいちょう》の開会宣言《かいかいせんげん》という流《なが》れに向《む》かう。

『それではこれより、球技大会《きゅうぎたいかい》を開催《かいさい》します！』

生徒会長《せいとかいちょう》、赤井先輩《あかいせんぱい》がマイク越《ご》しに言《い》うと拍手《はくしゅ》がわく。それから男子《だんし》はグラウンドへ、女子《じょし》は体育館《たいいくかん》へそれぞれ移動《いどう》した。

「じゃあ、ルビィはみんなの写真《しゃしん》を撮《と》ってくるね！」

「うん、気《き》をつけて」

わたしは、先輩《せんぱい》たちの心《こころ》の声《こえ》を聞《き》くための写真《しゃしん》を撮《と》りに行《い》くルビィを見送《みおく》った。

そうしてひとりで体育館《たいいくかん》へ行《い》くとちゅう、海《まりん》くんにバッタリ会《あ》う。海《まりん》くんの右耳《みぎみみ》にあるインカムンチューがキラリと光《ひか》った。

「こはく、オレもできることはやるから。な、ター」

海《まりん》くんはそう言《い》うと、肩《かた》に乗《の》ったターちゃんを見《み》た。ターちゃんは翼《つばさ》を広《ひろ》げて「まかせて！」といきごむ。そんなふたりがたのもしく、わたしは力強《ちからづよ》くうなずいた。

「うん。お願《ねが》いね」

すると、うしろからポンと肩《かた》をたたかれた。ふり返《かえ》ると光《らいと》くんがいる。

「僕《ぼく》も見守《みまも》ってるからね。僕《ぼく》らはまだ憑依《ひょうい》ができないから、アイテムでの援護《えんご》しかできないけど」

「十分《じゅうぶん》だよ！　ありがとう！」

そう言《い》って手《て》をふり、体育館《たいいくかん》へ向《む》かう。

わたしは胸元《むなもと》にしまった琥珀石《こはくいし》をにぎった。だいじょうぶ。ぜったいに負《ま》けない。

「よし、がんばろう！」

頬《ほお》をぺちっとたたいて気合《きあ》いを入《い》れた。

「こはくー！」

うしろからルビィがかけこんでくる。

「どう？　先輩《せんぱい》たちの写真《しゃしん》、とれた？」

「うん！　バッチリだよ！」

さっそく、わたしたちはにぎやかな体育館《たいいくかん》の裏《うら》へ回《まわ》る。ハートフォンでとれた声《こえ》を再生《さいせい》し、ふたりで耳《みみ》をすませた。ガサガサとしたノイズのあと、弱々《よわよわ》しい声《こえ》が聞《き》こえてくる。

『球技大会《きゅうぎたいかい》、イヤだな……』

種島先輩《たねしませんぱい》の声《こえ》だ。それから、ほかの先輩《せんぱい》たちの声《こえ》も一気《いっき》に流《なが》れ出《だ》した。

『ケガしたらどうしよう』

『つぎの大会《たいかい》、出《で》られなくなったらイヤだよ』

『みんながんばってるのに、変《へん》な事件《じけん》のせいでめちゃくちゃ』

『もっと練習《れんしゅう》しなきゃいけないのに』

強《つよ》いプレッシャーをかかえた声《こえ》であふれ、わたしとルビィは顔《かお》を見合《みあ》わせた。

やっぱり、先輩《せんぱい》たちのなやみが増幅《ぞうふく》している。これじゃあ、ポルターガイストの思《おも》うつぼだ。でも見《み》えない敵《てき》をさがすのはむずかしい。

だったら、やっぱりポルターガイストの力《ちから》が増《ま》して、出《で》てきた瞬間《しゅんかん》をねらうしかない！

「一《いち》か八《ばち》かだけど、やってみるしかない。そして、ぜったいに失敗《しっぱい》はできない」

「こはく、あんまり自分《じぶん》を追《お》いつめたらダメだよ！　そうやって、無意識《むいしき》にストレスをかかえるのもポルターガイストにとっては、おいしいエサだからね」

ルビィに言《い》われて、わたしはうなずく。

そうだった。心《こころ》を平静《へいせい》にたもつのが大事《だいじ》なんだよね。調査中《ちょうさちゅう》にわたしの前《まえ》にあらわれたポルターガイストも、わたしの不安《ふあん》やモヤモヤに引《ひ》き寄《よ》せられていたのかもしれない。

気《き》をつけなくちゃ……。そう思《おも》った直後《ちょくご》だった。

「キャーッ！」

するどい女子《じょし》の悲鳴《ひめい》が聞《き》こえてくる。その悲鳴《ひめい》はあちこちからあがり、体育館《たいいくかん》からひびいてきた。あいたドアに飛《と》びこむと、異様《いよう》な光景《こうけい》に、思《おも》わず目《め》をうたがった。

バレーボール用《よう》のポールがガタガタふるえ、宙《ちゅう》に浮《う》かんでる！

わたしはすぐさま、インカムンチューをおさえて、双子《ふたご》に聞《き》こえるよう言《い》った。

「ポルターガイストが出《で》たよ！」

『あぁ、きやがったな！』

すぐさま返《かえ》ってきたのは海《まりん》くんの声《こえ》。

インカムンチューがピカピカ光《ひか》り、警告《けいこく》するような振動《しんどう》を感《かん》じた。悪霊感知《あくりょうかんち》も作動《さどう》している。きっと、双子《ふたご》のインカムンチューも作動《さどう》したんだろう。

『オレと光《らいと》はまだ出番《でばん》じゃねぇ。いまからそっちへ行《い》くから、ふんばれよ！』

「わかった！」

『こはくちゃん、ムリはしないでね！』

光《らいと》くんの声《こえ》も聞《き》こえ、わたしは「わかった！」ともう一度《いちど》言《い》って、インカムンチューをつけたままポルターガイストがいるであろう場所《ばしょ》をにらんだ。

「ルビィ、憑依《ひょうい》！」

ルビィが羽《はね》うちわを出《だ》し、わたしがつかむ。

——みんなの不安《ふあん》を解消《かいしょう》したい……！

ねがいをこめて祈《いの》ると、体《からだ》がポカポカとあたたかくなる。赤《あか》いワンピース姿《すがた》になり、ルビィとの憑依《ひょうい》ができた。

体育館《たいいくかん》にいた生徒《せいと》たちは次々《つぎつぎ》に外《そと》へ出《で》ていく。その波《なみ》に逆《さか》らって、わたしは天井《てんじょう》に向《む》かってジャンプした。

その動《うご》きを追《お》いかけるように、大《おお》きなつむじ風《かぜ》がわたしのスカートをつかまえようとしてくる。羽《は》うちわでふりはらい、わたしは天井《てんじょう》の梁《はり》に着地《ちゃくち》した。

「みんなの不安《ふあん》をあおって、いたずらをするなんてゆるさない！」

それは、わたしの口《くち》から飛《と》び出《だ》したわたしとルビィの声《こえ》。

心《こころ》がひとつにまとまった。

2．　ポルターガイストを封印《ふういん》せよ！
わたしは目《め》をこらして、ポルターガイストがいる場所《ばしょ》を見《み》つめた。

ルビィが憑依《ひょうい》しているから、五感《ごかん》の感度《かんど》がとてもいい。でも、いくら目《め》をこらしてもポルターガイストを見《み》ることはできない。

これじゃあ、ポルターガイストを封《ふう》じるどころか、つかまえることもできないよ。

——琥珀石《こはくいし》をにぎって！　いまのこはくなら、あいつを止《と》めるアイテムを出《だ》せるはず！

「アイテム？」

——親愛《しんあい》のカケラとは別《べつ》で、憑依《ひょうい》したときにだけ使《つか》える、こはくだけのアイテムだよ！

ルビィが頭《あたま》の中《なか》で叫《さけ》ぶ。なるほど、悪霊《あくりょう》とたたかうための武器《ぶき》ってことだね。

わたしは言《い》われたとおり、首元《くびもと》にさげた琥珀石《こはくいし》をにぎった。

——ポルターガイストをつかまえたい！

強《つよ》くねがいをこめると、琥珀石《こはくいし》が黄金色《こがねいろ》のヒカリを放《はな》った。たちまちあたりへ広《ひろ》がり、ポルターガイストのつむじ風《かぜ》がやむ。きっとこのヒカリに目《め》がくらんだんだろう。

すると、琥珀石《こはくいし》からピンク色《いろ》の大《おお》きな虫《むし》メガネが飛《と》び出《だ》してきた。羽《は》うちわくらいのサイズだ。

——『あばきたいんグラス』だよ！　これでポルターガイストをさがして！

わたしは、あばきたいんグラスの柄《え》を持《も》って、目元《めもと》にかざした。たちまち、目《め》の前《まえ》がピンク色《いろ》の景色《けしき》になる。

体育館《たいいくかん》はバレーボールのネットやポールが床《ゆか》に落《お》ちていき、ポルターガイストがいたずらをやめていた。そのポールが落《お》ちる上《うえ》に、ずきんをかぶったなにかがいる。虫《むし》メガネをはずす。いない。虫《むし》メガネ越《ご》しに見《み》ると、いる！

中身《なかみ》は真《ま》っ黒《くろ》だけど、毛布《もうふ》のようなずきんをかぶった人型《ひとがた》のおばけがいた。顔《かお》の部分《ぶぶん》をおおって、体育館《たいいくかん》のドアからにげようとしている！

「待《ま》って！」

あれがポルターガイストだ！

わたしは梁《はり》から飛《と》び降《お》り、壁《かべ》をけって高《たか》くジャンプしながら追《お》いかけた。

「待《ま》てぇ！」

「あ、こはく！」

海《まりん》くんがグラウンド側《がわ》から走《はし》ってくる。その方向《ほうこう》にはポルターガイストが。海《まりん》くんには見《み》えないから気《き》づいてない。ぶつかっちゃう！

「海《まりん》くん、止《と》まって！」

「えっ!?」

あわてて立《た》ち止《ど》まる海《まりん》くん。間一髪《かんいっぱつ》でポルターガイストとぶつからず済《す》んだ。すると、おくれて飛《と》んできたターちゃんが叫《さけ》ぶ。

「海《まりん》、あぶない！　悪霊《あくりょう》の気配《けはい》があるよ！」

その声《こえ》に、海《まりん》くんがインカムンチューをさわる。ブルブルとした振動《しんどう》に気《き》づいたのか、海《まりん》くんはあちこちを見《み》わたした。

「海《まりん》くん、ポルターガイストが外《そと》に出《で》ていったの！　みんなを避難《ひなん》させないと！」

「わかった！　ターコイズ、行《い》くぞ！」

そう言《い》いながら海《まりん》くんはくるりとふり返《かえ》り、グラウンドにもどっていく。

わたしはあばきたいんグラス越《ご》しに、もう一度《いちど》、周囲《しゅうい》を見《み》た。

ポルターガイストは地面《じめん》をすべっていき、グラウンドの砂《すな》を散《ち》らしている。細《こま》かい砂《すな》ぼこりが立《た》ち、竜巻《たつまき》のようにうずを巻《ま》く。

強《つよ》い風《かぜ》と砂《すな》ぼこりにおそわれ、外《そと》にいた人《ひと》たちが目《め》をおおってうめいた。そのおかげで、わたしの姿《すがた》はだれにも見《み》られることなく、ポルターガイストを追《お》いかけられる。

——こはく、ジャンプしよう！　壁《かべ》をけって、ジャーンプ！

うながされるように足《あし》を大《おお》きくふみこんで、校舎《こうしゃ》の壁《かべ》をける。高《たか》く飛《と》び、体育倉庫《たいいくそうこ》の屋《や》根《ね》に降《お》り立《た》った。

ポルターガイストはというと、サッカーゴールへ飛《と》んでいき、つむじ風《かぜ》を起《お》こして持《も》ちあげている。

「うわわわっ！　あんなのを持《も》ちあげるなんて！」

——力《ちから》が強《つよ》くなってるんだよ！

そうだよね……みんなの不安《ふあん》がどんどんふくらんで、そのせいでポルターガイストもひとまわり大《おお》きくなっていってるんだ。

サッカーゴールが高《たか》くかかげられ、その場《ば》にいた人《ひと》たちが逃《に》げていく。

海《まりん》くんがターちゃんからアイテムをさずかり、バリアのようなものを張《は》っているのが見《み》えたけど、全員《ぜんいん》は入《はい》りきれていない。

どうしよう！　あんな大《おお》きなものが投《な》げられたら、逃《に》げおくれた人《ひと》たちに当《あ》たる！

——こはく、羽《はね》うちわを！

そうだ、羽《はね》うちわで風《かぜ》を起《お》こして吹《ふ》き飛《と》ばす……でも、そうしたらサッカーゴールが別《べつ》の場所《ばしょ》へ飛《と》んでいっちゃうかもしれない。

なやんでいると、いきなり頭上《ずじょう》から声《こえ》が聞《き》こえた。

「だいじょうぶだ！　そのまま飛《と》ばせ！」

ハッとする。いまの、海《まりん》くん……？　でも近《ちか》くにはいない。どこから聞《き》こえたのか見当《けんとう》もつかない。

あぁ、考《かんが》えてるヒマはないんだった！　わたしは、あばきたいんグラスから羽《は》うちわに切《き》りかえ、大《おお》きくふりかぶって宙《ちゅう》をあおいだ。

「いっけぇー！」

羽《は》うちわで風《かぜ》を巻《ま》き起《お》こす。ポルターガイストが持《も》っていたサッカーゴールが飛《と》びあがった。宙《ちゅう》へ浮《う》かぶサッカーゴール。それは校舎《こうしゃ》よりも高《たか》くあがると、まるでなにかにつかまえられたように空中《くうちゅう》で固定《こてい》された。

あ、まただ。ポルターガイストが出《で》たときに起《お》きる現象《げんしょう》。それは、なんだかだれかに守《まも》られているような……。

――こはく、あばきたいんグラスを！

ルビィの声《こえ》で、思考《しこう》をいったん中断《ちゅうだん》する。今度《こんど》は羽《は》うちわから、あばきたいんグラスに切《き》りかえて、ポルターガイストの行方《ゆくえ》をさぐった。

そのとき、ぬっと視界《しかい》いっぱいに、ずきんのおばけがあらわれた。

「あっ……！」

おどろいて声《こえ》をあげ、バランスをくずす。体育倉庫《たいいくそうこ》から飛《と》び降《お》り、わたしはポルターガイストから距離《きょり》をとった。

でも、ポルターガイストはすべるように飛《と》んでくる。わたしの体《からだ》をすり抜《ぬ》けようといきおいをつけた。その速《はや》さにおされて……

「きゃあっ！」

思《おも》いきりぶつかった。宙《ちゅう》へ投《な》げ出《だ》される……！

――こはく！

いきおいが強《つよ》すぎて着地《ちゃくち》がうまくいかず、地面《じめん》にたたきつけられた。

「うっ……い、たい……！」

転《ころ》んだときよりも強《つよ》いいたみが全身《ぜんしん》に広《ひろ》がり、うめき声《ごえ》が出《で》る。

――こはく！　だいじょうぶ!?

「だ、だいじょうぶ……っ」

立《た》ちあがろうとするも、体《からだ》がふるえて思《おも》うように動《うご》かない。どうして？　どんどん体《からだ》が重《おも》たくなっていく。なにかにのしかかられているような……

あばきたいんグラスで見《み》ると、わたしの背中《せなか》からぬっと、ポルターガイストが顔《かお》をのぞかせてきた。背中《せなか》にすわってる！

「……っ！」

まずい！　わたしの不安《ふあん》や恐怖《きょうふ》をエサにして、どんどん大《おお》きくなっていく。そのせいでつぶされちゃう……！

——こはくぅ……！

わたしの痛《いた》みや苦《くる》しさを共有《きょうゆう》してるから、ルビィも苦《くる》しそう。

どうしよう。わたし、どうしたらいいの……!?

必死《ひっし》に手《て》をのばして、逃《に》げようともがく。でも、それをあざ笑《わら》うようにポルターガイストはどんどん重《おも》さを増《ま》していく。

「うっ……あぁっ……」

わたしはガックリと地面《じめん》にふせた。

この状態《じょうたい》で憑依《ひょうい》が解《と》けたら……考《かんが》えただけでゾッとする。

でも、もうムリかも……

「こはく！」

海《まりん》くんの声《こえ》が聞《き》こえてくる。

「こはくちゃん！」

光《らいと》くんも……ふたりとも、近《ちか》づいちゃダメ。

そう言《い》いたいのに声《こえ》が出《で》ない。骨《ほね》がきしむ。頭《あたま》が回《まわ》らなくなってきた。呼吸《こきゅう》もできない。

苦《くる》しくて、もう、動《うご》けない……！

そのとき、とつぜん頭上《ずじょう》が暗《くら》く陰《かげ》った。

「こっちよ、ポルターガイスト！」

うすれそうになる意識《いしき》の中《なか》、目《め》をあけて見《み》る。

ふわりと黒《くろ》いワンピースのすそが見《み》えた。陽《ひ》の光《ひかり》の中《なか》で、だれかが華麗《かれい》に飛《と》ぶシルエットが浮《う》かぶ。

その瞬間《しゅんかん》、大《おお》きな風《かぜ》がふわりと周囲《しゅうい》をなでた。その風《かぜ》はあまくて、でもルビィのようなお菓子《かし》っぽいあまさじゃない。フローラルな香《かお》り……

風《かぜ》のおかげか、ポルターガイストがわたしの上《うえ》から吹《ふ》き飛《と》ばされる。それまで苦《くる》しかった体《からだ》がウソみたいに軽《かる》くなり、わたしはすぐに体《からだ》を起《お》こした。

見《み》あげると、だれかが宙《ちゅう》を舞《ま》う。地面《じめん》に着地《ちゃくち》するのは……

「み、三園《みその》さん!?」

「しっかりしなさい！　立《た》って、あいつを倒《たお》すのよ！」

黒《くろ》いフリルがあしらわれたワンピースをまとった三園《みその》さんが、白《しろ》と黒《くろ》の羽《は》うちわを持《も》って、わたしの前《まえ》に立《た》ちふさがっていた。

「佐伯《さえき》こはく！　虫《むし》メガネでポルターガイストをさがしなさい！　まだ近《ちか》くにいるわ！」

三園《みその》さんはテキパキ言《い》うと、わたしに手《て》をのばした。その手《て》を取《と》る。

「どうして、あなたが……まさか、守護霊《しゅごれい》サポーター？」

「説明《せつめい》はあと！　あいつをさっさと倒《たお》して、勝負《しょうぶ》するわよ！」

そう言《い》う三園《みその》さんの目《め》は紫色《むらさきいろ》に変《か》わっている。とても芯《しん》の強《つよ》い瞳《ひとみ》だと思《おも》った。

3．一致団結《いっちだんけつ》！

三園《みその》さんはあちこちを見《み》わたして、ポルターガイストを追《お》いかけていた。わたしも、あばきたいんグラスでポルターガイストの居場所《いばしょ》をさがす。

ポルターガイストはすばやく校舎《こうしゃ》に飛《と》び移《うつ》り、窓《まど》ガラスをガタガタゆらしていた。学校《がっこう》全体《ぜんたい》をふるわせている。あんなにゆらしたら割《わ》れちゃうよ！

「なんとかしなきゃ、わたしたちの学校《がっこう》がめちゃくちゃだわ」

三園《みその》さんは歯《は》ぎしりして、ゆれる窓《まど》をにらみつけた。いつもの三園《みその》さんなんだけど、ちょっと雰囲気《ふんいき》がちがうかも。守護霊《しゅごれい》みならいとの憑依《ひょうい》がそうさせてるのかな。

「佐伯《さえき》さん、ポルターガイストはどこ？」

「あ、えっと、あっち！」

ポルターガイストが屋上《おくじょう》へ向《む》かおうとする。その方向《ほうこう》を指《ゆび》さすと、三園《みその》さんはその場《ば》から高《たか》くジャンプした。わたしとルビィは足場《あしば》がないと高《たか》く飛《と》べないのに、三園《みその》さんは足場《あしば》がなくても飛《と》んでいく。

――こはく、追《お》いかけよう！

「うん！」

校舎《こうしゃ》の壁《かべ》をけって、三園《みその》さんについていく。

そうして屋上《おくじょう》へたどりつくと、三園《みその》さんはポルターガイストをさがしていた。わたしも、あばきたいんグラスを使《つか》ってさがす。

「いた！」

ポルターガイストは屋根《やね》の上《うえ》に乗《の》って、わたしたちをにらんでいた。

指揮棒《しきぼう》をふるように手《て》を動《うご》かすと、手《て》すりがひとりでに外《はず》れていく。ポルターガイストは手《て》すりを、長《なが》いロッドのようにし、わたしたちに向《む》けて威嚇《いかく》した。

「手《て》すりが、勝手《かって》に動《うご》いてる……」

三園《みその》さんが低《ひく》い声《こえ》でつぶやく。わたしはすばやく状況《じょうきょう》を説明《せつめい》した。

「ポルターガイストが手《て》すりを武器《ぶき》にしてる！」

「そう」

三園《みその》さんも眉《まゆ》をひそめながら言《い》う。わたしたちは横並《よこなら》びで、ポルターガイストとにらみあった。

「あんな長《なが》い武器《ぶき》、あぶなくてしかたないわ」

「うん。あれを吹《ふ》き飛《と》ばしたとしても、下《した》に落《お》ちたりわたしたちに飛《と》んできたりしたら」

「まずいわね」

三園《みその》さんはわたしの言《い》いたいことを全部《ぜんぶ》わかってくれる。だったら……

「三園《みその》さん、協力《きょうりょく》しよう！」

「言《い》われなくてもそのつもりよ。あれはもう、ひとりで太刀打《たちう》ちできる相手《あいて》じゃない」

力強《ちからづよ》く言《い》う三園《みその》さんがわたしを見《み》つめた。わたしも三園《みその》さんを見《み》つめてうなずく。

――ほたる、いい子《こ》だ！

ルビィもうれしそうに言《い》う。その感情《かんじょう》があたたかく、わたしに力《ちから》をくれた。

琥珀石《こはくいし》をにぎると、三園《みその》さんも首《くび》からさげた白《しろ》いフローライトをにぎる。

同時《どうじ》に宝石《ほうせき》が光《ひか》り輝《かがや》き、金色《きんいろ》と銀色《ぎんいろ》のヒカリがわたしたちの手《て》からあふれだした。

ポルターガイストを封《ふう》じる！　そう強《つよ》い思《おも》いを宝石《ほうせき》にこめたら、羽《は》うちわが大《おお》きくなる。

わたしと三園《みその》さんは羽《は》うちわを両手《りょうて》で持《も》ち、ポルターガイストにジリジリと近《ちか》づいた。

「はさみうちしよう」

わたしが言《い》うと、三園《みその》さんがフッと笑《わら》う。

「おくれたら承知《しょうち》しないからね！」

そう言《い》って三園《みその》さんが高《たか》くジャンプし、ポルターガイストの背後《はいご》に回《まわ》った。

ポルターガイストは手《て》すりのロッドをふりまわす。すると刃《やいば》のような強《つよ》い横風《よこかぜ》がふきつけた。その風《かぜ》が三園《みその》さんの頬《ほお》をかすめる。強《つよ》い風《かぜ》に打《う》たれ、三園《みその》さんの足《あし》がすこしだけよろけた。

「三園《みその》さん!?」

「だいじょうぶよ！　あなたはそこにいて！」

持《も》ち場《ば》からはなれようとすると、三園《みその》さんが言《い》う。そうしているうちに、わたしのほうへ風《かぜ》がふいた。

——あぶない！

ルビィがわたしを引《ひ》っぱるようにして風《かぜ》をよける。そのままネコのように俊敏《しゅんびん》に動《うご》いて、風《かぜ》をよけていき、ポルターガイストに近《ちか》づいた。

追《お》いつめる。そして、わたしと三園《みその》さんはなんとなく顔《かお》を見合《みあ》わせてうなずきあうと、羽《は》うちわをふった。

「せーの！」

心《こころ》をひとつに、全身全霊《ぜんしんぜんれい》で風《かぜ》を送《おく》る。すると強《つよ》い風《かぜ》が波打《なみう》ち、空中《くうちゅう》でぶつかりあった。その衝撃《しょうげき》で、赤《あか》と黒《くろ》の火花《ひばな》が散《ち》ってポルターガイストにくっつく。そのおかげでポルターガイストの輪郭《りんかく》が浮《う》かびあがった。ぎゅむぎゅむと押《お》しこむようにつぶしていく。

まるでふうせんのようにしぼんでいくポルターガイストが、苦《くる》しそうに頭《あたま》をかかえた。

『ウウ……クソォ……』

そのうめき声《ごえ》は、ポルターガイストから出《で》てきた。

しゃ、しゃべった……？

あまりのことに、三園《みその》さんもおどろいたように目《め》を見開《みひら》かせている。

一方《いっぽう》、ポルターガイストは、抵抗《ていこう》ができないことを悟《さと》ったのか、苦《くる》しまぎれに叫《さけ》んだ。

『我《われ》――ハ、ム――イト――サ――ニ……ッ！』

ポルターガイストは火花《ひばな》によって小《ちい》さくつぶされていき、やがてマスコットのサイズになった。

――封印《ふういん》できた！

ルビィが叫《さけ》び、わたしも我《われ》に返《かえ》る。

やった！　倒《たお》せた！

地面《じめん》に落《お》ちるマスコットをすばやく拾《ひろ》いあげる。するとルビィが、ネコの姿《すがた》でわたしの体《からだ》からポンと飛《と》び出《だ》してきた。

「封印成功《ふういんせいこう》だー！」

わたしは腰《こし》がぬけてしまい、その場《ば》にすわりこむ。両手《りょうて》につつんだ、ポルターガイストのマスコットをルビィにわたした。

「それで封印《ふういん》なのね」

三園《みその》さんが制服姿《せいふくすがた》にもどって、わたしのもとへやってくる。こころなしかつかれているように息《いき》があがっていた。その横《よこ》には、白《しろ》いウサギの守護霊《しゅごれい》みならいがすわっている。

「これをどうするの？」

首《くび》をかしげて聞《き》いてくる三園《みその》さん。どうも封印《ふういん》のしかたを知《し》らないみたい。ルビィは口《くち》でガラスの筒《つつ》をくわえてわたしに見《み》せた。

「こあう《こはく》、ここい《ここに》、いええ《いれて》」

わたしは悪霊《あくりょう》マスコットをガラスの筒《つつ》に入《い》れた。ルビィに筒《つつ》をわたす。

ルビィは両方《りょうほう》の前足《まえあし》で筒《つつ》を持《も》つと、シャカシャカふった。すると、筒《つつ》の中《なか》にたくさんの白《しろ》い親愛《しんあい》のカケラがわいてきて、一気《いっき》に筒《つつ》からあふれだす。そのいきおいに、ルビィがびっくりしてひっくり返《かえ》った。

「わ、わわっ！」

白《しろ》くまばゆいヒカリが上空《じょうくう》へ飛《と》んでいき、空中《くうちゅう》に舞《ま》う。雲《くも》が晴《は》れ、青空《あおぞら》に無数《むすう》の色《いろ》とりどりのヒカリが吸《す》いこまれていった。

「キレイ……」

見《み》とれてしまい、思《おも》わず言葉《ことば》がもれる。横《よこ》では三園《みその》さんも目《め》をかがやかせて見《み》ていた。

「すごい。これが浄化《じょうか》の力《ちから》……」

見《み》たことないほどの親愛《しんあい》のカケラ。これはきっと、生徒《せいと》たちの心《こころ》なんだ。

この親愛《しんあい》のカケラが、ルビィと三園《みその》さんの守護霊《しゅごれい》みならい、ターちゃんの砂時計《すなどけい》に入《はい》っていくんだろう。

たくさんのカケラが天《てん》へのぼっていくなか、カケラからあふれたヒカリは、まるで流《なが》れ星《ぼし》みたいに降《ふ》ってきてわたしたちのまわりをただよった。あたたかいカケラのヒカリが、こわれた手《て》すりを元《もと》にもどす。

同時《どうじ》に、わたしのボロボロな体《からだ》がいやされていく感覚《かんかく》がある。

「なんか、つかれがとれていく……？」

「これだけたくさんのカケラだもん。みんなの心《こころ》や体《からだ》をいやす力《ちから》もあるんだよ」

ルビィもヒカリのつぶを見《み》あげながら言《い》う。その瞳《ひとみ》はヒカリによってキラキラしていた。

わたしはなんだかうれしくなり、ルビィの頭《あたま》をなでた。ルビィが満足《まんぞく》そうにゴロゴロとのどを鳴《な》らす。

三園《みその》さんも、ウサギの守護霊《しゅごれい》みならいをだきあげた。しばらくして、わたしたちはその奇跡的《きせきてき》な光景《こうけい》をしずかに見《み》つめる。

虹色《にじいろ》のヒカリが完全《かんぜん》に消《き》えたあと、間《ま》の抜《ぬ》けたチャイムが鳴《な》りひびいた。

わたしは我《われ》に返《かえ》って三園《みその》さんを見《み》る。その横《よこ》にいるウサギにも目《め》を向《む》けた。

「まさか、あなたも守護霊《しゅごれい》サポーターだったなんて」

そう言《い》うと、三園《みその》さんもわたしと向《む》き合《あ》った。「フン」と鼻息《はないき》を飛《と》ばすだけで、なにも言《い》わない。

わたしはゆっくりと口《くち》をひらいて、あとを続《つづ》けた。

「でも、これで全部《ぜんぶ》のナゾが解《と》けたよ。むしろ、どうしてその可能性《かのうせい》を考《かんが》えなかったんだろうって思《おも》ったくらい」

「なになに？　どういうこと!?」

わたしの言葉《ことば》に、ルビィがあわあわと三園《みその》さんたちを交互《こうご》に見《み》る。

ウサギをだいた三園《みその》さんが、わたしの前《まえ》に立《た》った。

そのウサギに目《め》を合《あ》わせるように、わたしも中腰《ちゅうごし》になる。

白《しろ》い毛並《けな》みで、目《め》の周《まわ》りだけが真《ま》っ黒《くろ》のふちどりがあるウサギ。

そのふんいきが、まるであのひとにそっくり。

「このウサちゃん、卯野《うの》さんなんだよね？」

するどい言葉《ことば》を放《はな》つと、ウサギはしずかに目《め》をとじた。その落《お》

ち着《つ》きように、ますます卯野《うの》さんだと感《かん》じてしまう。

三園《みその》さんも降参《こうさん》したのか、しかたなさそうに言《い》った。

「そう。この子《こ》は卯野千颯《うのちはや》――本当《ほんとう》の名前《なまえ》はジェット。佐伯《さえき》さんの守護霊《しゅごれい》みならい、ルビィとほぼ同期《どうき》よ」

「ジェット!? なるほど、あなたがジェット！」

ルビィがおどろいて叫《さけ》ぶ。

「名前《なまえ》だけ知《し》ってた子《こ》だ！ ジェットは成績優秀《せいせきゆうしゅう》だから有名《ゆうめい》なんだよ！ ただ、ジェットが千颯《ちはや》だったなんて気《き》づかなかった！」

ということは、ジェットもルビィの顔《かお》までは知《し》らなかったはず。でも、ジェットみたいに名前《なまえ》を変《か》えてるわけじゃないから、ルビィの正体《しょうたい》を最初《さいしょ》から見破《みやぶ》っていたんだね。

つまり、三園《みその》さんたちは、わたしとルビィのことを最初《さいしょ》から知《し》ってたんだ。

「わたしたちを敵視《てきし》していたのは、そういうことだったのね」

「おや、そこまで気《き》づいたか」

ジェットが意外《いがい》そうに言《い》う。三園《みその》さんの腕《うで》にだかれるジェットだけど、そのりりしさは人間《にんげん》のときと変《か》わらない。鼻《はな》をひくひくさせて、ジェットは言《い》った。

「わたしは君《きみ》たちを許《ゆる》せなかったんだ」

その言葉《ことば》はつめたく、まだわたしたちのことをみとめていない様子《ようす》。

これに、ルビィが前《まえ》に出《で》た。

「どうして!? 同《おな》じ守護霊《しゅごれい》みならいなのに、なんでルビィたちのジャマをするの!?」

「ルビィ、それはね……ルビィが守護霊試験《しゅごれいしけん》を突破《とっぱ》できたことに関係《かんけい》があると思《おも》う」

わたしはルビィをだきあげて言《い》った。

「心当《こころあ》たりがあるようね？」

三園《みその》さんがツンとした口調《くちょう》で言《い》う。わたしはつばをのんで、ゆっくりうなずいた。

「あなたたちがルビィとわたしをみとめないのは、親愛《しんあい》のカケラを集《あつ》めきれなかったのに一次試験《いちじしけん》を突破《とっぱ》したから、ズルをしたと思《おも》ってるのかなって」

三園《みその》さんは不正《ふせい》が大《だい》キライだ。優等生《ゆうとうせい》なジェットはなおさら、ゆるせなかっただろう。

だから、わたしたちは最初《さいしょ》から目《め》の敵《かたき》にされてたんだ。

わたしの答《こた》えに、三園《みその》さんとジェットは顔《かお》を見合《みあ》わせた。

「実《じつ》は、海《まりん》くんのおかげで気《き》づいたよ」

わたしとルビィが海《まりん》くんに「ズルだ！」って言《い》ったことがあるよね。それと同《おな》じ感情《かんじょう》だと思《おも》う。

はりつめた空気《くうき》が、すこしだけやわらいだ。ルビィだけがわかってないけど……

「なんで？　ルビィ、ズルなんてしてないよ!?」

必死《ひっし》にうったえるルビィ。わたしは三園《みその》さんを見《み》て、困惑気味《こんわくぎみ》に笑《わら》った。

「うちのルビィはこんな感《かん》じだから。ズルなんてできる性格《せいかく》じゃないの。お願《ねが》い、信《しん》じて」

「そのようね。あんな一生懸命《いっしょうけんめい》な姿《すがた》を見《み》せられたら……わたしたちの認識《にんしき》が誤《あやま》っていた。そうでしょ、ジェット」

三園《みその》さんが言《い》うと、ジェットは目《め》を細《ほそ》めながらうなずいた。そして、腕《うで》からはなれて一《いち》回転《かいてん》すると、人間《にんげん》の卯野千颯《うのちはや》に変身《へんしん》する。

「でも、約束《やくそく》は約束《やくそく》。さぁ、ルビィ、決着《けっちゃく》をつけよう」

不敵《ふてき》に笑《わら》うジェットが、ルビィに指《ゆび》をビシッとつきつけた。

「おぉ……えっと、うん？　勝負《しょうぶ》、するのね？」

ルビィはおろおろとわたしとジェットを見《み》た。

やれやれ、カッコつかないんだから……

4. 決着《けっちゃく》をつけよう

「とつぜんの竜巻《たつまき》で」という理由《りゆう》で、一時《いちじ》中断《ちゅうだん》していた球技《きゅうぎ》大会《たいかい》が再開《さいかい》される。

わたしたちは何事《なにごと》もなかったかのように、体育館《たいいくかん》へもどった。

「おーい、こはく！　無事《ぶじ》か！」

海《まりん》くんと光《らいと》くんが体育館《たいいくかん》にやってきて、わたしたちの安否《あんぴ》をたしかめる。

「だいじょうぶだよ！　ポルターガイストも封印《ふういん》できた！」

「おぉ、それはなんとなくわかったけどよ、ケガは？　だいじょうぶなのか？　おまえ、つぶされてただろ」

めずらしく海《まりん》くんが心配《しんぱい》してくれるので、わたしは肩《かた》をすくめた。

「こはくちゃん、ムリしてないよね？　本当《ほんとう》になんともない？」

光《らいと》くんもオロオロする。

「ふたりとも心配《しんぱい》しすぎだよ！　それに、こんな大勢《おおぜい》の前《まえ》でさわがないで……」

女子《じょし》たちの視線《しせん》がいたい。じぃっとこちらを見《み》られている気《き》がして、ふり返《かえ》ることもできない。双子《ふたご》は顔《かお》を見合《みあ》わせて困惑《こんわく》してるし、ちっともわかってくれない。

すると、わたしの腕《うで》をだれかがつかんだ。

「佐伯《さえき》さん、行《い》くわよ」

「えっ、三園《みその》さん!?」

あきれた目《め》をする三園《みその》さんの手《て》に引《ひ》っぱられ、わたしはコートへ放《ほう》り投《な》げられる。

「おい、三園《みその》！　おまえまた……」

「海《まりん》、ちょっと待《ま》て」

怒《おこ》る海《まりん》くんの腕《うで》をつかむ光《らいと》くんが見《み》える。ふたりには、あとでしっかり説明《せつめい》しよう。

その前《まえ》に勝負《しょうぶ》だよ！

ルビィとジェットはすでにコートに立《た》ち、準備運動《じゅんびうんどう》をしている。コートの中《なか》ではふたりとも当然《とうぜん》、人間《にんげん》の姿《すがた》だ。

「こはくちゃん、がんばろう！」

紫春《しはる》ちゃんと愛依《あい》ちゃんが言《い》う。ふたりとも……すごくたのもしい！

「でも、わたしたちの力《ちから》だけじゃぜったいムリだから……みんなにお願《ねが》いしました！」

紫春《しはる》ちゃんはそう言《い》うと、てへっと舌《した》を出《だ》して笑《わら》った。え？　どういうこと？

すると、一組《いちくみ》のバレーボール部員《ぶいん》の子《こ》たちがコートに入《はい》ってきた。

「支援部《しえんぶ》の廃部《はいぶ》がかかってるんでしょ？　わたしたちにまかせてよ」

「そうそう！　メンバーはどうする？　ローテーションで入《はい》る？」

「あたし、卯野《うの》ちゃんと勝負《しょうぶ》したかったんだよね～」

さらに、ほかの運動部《うんどうぶ》の子《こ》も続々《ぞくぞく》やってくる。バレー部《ぶ》の子《こ》たちがテキパキとチーム分《わ》けするので、わたしはポカンとしてしまった。

すると、なぜか四組《よんくみ》から珠莉《じゅり》もやってくる。

「こはく、わたしの仲間《なかま》も貸《か》したげる！」

そう言《い》って、一組《いちくみ》のバスケ部女子《ぶじょし》ふたりを紹介《しょうかい》してくれた。

「バレーは得意《とくい》じゃないんだけど、スタミナだけはまかせて！」

「力《ちから》になるよ～」

また、チームメイトだったおとなしいふたりまで、運動《うんどう》が得意《とくい》な子《こ》を連《つ》れてきた。

「佐伯《さえき》さん、みんなで廃部阻止《はいぶそし》、がんばろうね！」

「ほわぁ……みんな、ありがとう！　すっごく、すっごくうれしい！」

ルビィがコートから大《おお》きく手《て》をふって言《い》う。

「わたしたちも応援《おうえん》するよ！　支援部《しえんぶ》も、卯野《うの》ちゃんもがんばれー！」

その声《こえ》は、観戦席《かんせんせき》にいた三年生《さんねんせい》たち。種島先輩《たねしませんぱい》も蓮川先輩《はすかわせんぱい》もほかの部長《ぶちょう》さんたちもみんな晴《は》れやかな笑顔《えがお》だ。

あわわ、また注目《ちゅうもく》の的《まと》に……そうして、すっかり腰《こし》が引《ひ》けるわたしの背中《せなか》を、紫春《しはる》ちゃんと愛依《あい》ちゃんがやさしくたたいた。

「みんなで勝《か》とう！」

「ひとりでなんでも背負《せお》いこむことないんだからね」

ふたりとも……それに、まさかこんな解決方法《かいけつほうほう》があったなんて……

わたしはじわっと目尻《めじり》にたまる涙《なみだ》をぬぐった。喜《よろこ》ぶのはまだ早《はや》いよね。

「みんな、ありがとう！」

コートに入《はい》り、試合《しあい》が始《はじ》まる。

ぜったいに負《ま》けない！

わたしとルビィ、バレー部《ぶ》の子《こ》たちを混《ま》ぜたチームではじまり、がんばってジェットの攻撃《こうげき》にたえる。

試合《しあい》はとても白熱《はくねつ》し、点数《てんすう》もいい勝負《しょうぶ》だった。15対《たい》14。なかなか決着《けっちゃく》がつかない。ルビィはタフでつかれ知《し》らずだし、バレー部《ぶ》の子《こ》も試合《しあい》を楽《たの》しんでいる。

しばらくして、わたしは紫春《しはる》ちゃんたちと交代《こうたい》し、試合《しあい》はさらにもりあがっていった。

コートの外《そと》で試合《しあい》を見守《みまも》る。すると、ひとりでぽつんと試合《しあい》を見《み》ている三園《みその》さんを見《み》つけた。そろそろと近《ちか》づいてみる。

「三園《みその》さん」

「おつかれさま、佐伯《さえき》さん」

そっけなく言《い》う三園《みその》さんは、わたしを見《み》ない。体《からだ》を動《うご》かして、テンションが高《たか》くなったわたしはつい聞《き》いてみた。

「ねえ、三園《みその》さんって……運動《うんどう》が苦手《にがて》なの？」

すると、三園《みその》さんはいきおいよくわたしに顔《かお》を向《む》けた。

「なっ、なんでわかるの!?」

「え？　だって、ひとりでバレーの練習《れんしゅう》してたし、それをジェットに止《と》められてたし」

「だから、どうしてそんなこと……み、見《み》てたのね！　のぞき見《み》なんてシュミ悪《わる》いわ！」

とりみだす三園《みその》さん。そのあわてた表情《ひょうじょう》がとてもめずらしい。

「あぁ、もう！　ぜったいバレたくなかったのにー！」

「だいじょうぶだよ、わたしもあのとおり、ヘタだもん」

なだめるように言《い》うと、三園《みその》さんはキッとわたしをにらんだ。

「はぁ？　そんなことないでしょ！　あなた、ちゃんとサーブもレシーブもできてたし、
わたしとはくらべものにならないくらい上手《じょうず》じゃない！」

「えぇ……？　そんなこと……あぁ、でもたしかに前《まえ》より上達《じょうたつ》したかも」

「ほら見《み》なさい！　そうやってわたしにマウントとる気《き》ね！」

「なんでそんなこと言《い》うの……」

わたしはあきれて肩《かた》をすくめた。横《よこ》にすわると、三園《みその》さんははずかしそうにひざに顔《かお》を

うずめる。三園《みその》さんもこんな顔《かお》するんだ。意外《いがい》な発見《はっけん》だ。

「……実《じつ》は体験入部《たいけんにゅうぶ》でね、ちょっと体力《たいりょく》つけたんだよ、わたし」

そう言《い》うと、三園《みその》さんは合点《がてん》したのか「あぁ」と、思《おも》い出《だ》したように言《い》った。

「なるほど、作戦《さくせん》ってそういうことね……やられたわ」

三園《みその》さんはかわいた笑《わら》いをもらした。なんだか話《はな》しやすいふんいき。わたしはジェットのプレーを見《み》ながら口《くち》をひらいた。

「ジェットって、ちょっと過保護《かほご》だよね。三園《みその》さん、本当《ほんとう》は体育《たいいく》したいんでしょ？」

バレーに参加《さんか》しない三園《みその》さん。今日《きょう》は球技大会《きゅうぎたいかい》だから体育館《たいいくかん》にいるけど、やっぱり試合《しあい》に出《で》ることはないみたい。試合《しあい》は強制参加《きょうせいさんか》じゃないから、問題《もんだい》はないんだけどね。

三園《みその》さんは顔《かお》をしかめていた。でも、だんだん表情《ひょうじょう》をくずして、ため息《いき》をついた。

「別《べつ》に、わたしは体育《たいいく》がキライなだけで……ただ、これから憑依《ひょうい》していくにはジェットの力《ちから》だけじゃダメ。だから、ちょっとだけ練習《れんしゅう》してたの。それだけだから！」

「そうなんだ……わたしとおんなじだね」

カンペキな三園《みその》さんも、そういうなやみがあるんだとわかり、わたしはうれしくなる。

すると、三園《みその》さんは心底《しんそこ》イヤそうにわたしをにらんだ。

「あなたといっしょにしないでくれる？」

「え、はい……ごめんなさい……」

うーん、仲《なか》よくなれそうだと思《おも》ったのに、わたしの気《き》のせいだったかな……

同《おな》じ守護霊《しゅごれい》サポーターとして、今後《こんご》もつきあっていきたいんだけど、これはどうやらむずかしそうだ。わたしは三園さんからはなれることにした。

すると、三園《みその》さんがあわててわたしの手《て》をつかんだ。

「待《ま》ちなさい」

「え？　なに？」

「なにって……サポーター同士《どうし》、話《はな》したいこととかないの？」

「え？　あー、そうだね……うん」

「イヤならいいわよ」

ええ？　引《ひ》き止《と》めたりツーンとしたりどっちなの。ちょっとめんどくさい子《こ》だな、この子《こ》……。でも、そんなこと考《かんが》えたらダメだよね。

わたしは気《き》を取《と》り直《なお》して、横《よこ》にすわった。

三園《みその》さんがチラッとわたしを見《み》ながら口《くち》をひらく。

「佐伯《さえき》さんって何者《なにもの》なの？　あのルビィもそうだけど、この前《まえ》、とんでもない悪霊《あくりょう》を封《ふう》じたらしいじゃない」

とんでもない悪霊《あくりょう》……あぁ、ムーンライトのことか。ということは、ほかの守護霊《しゅごれい》みならいにもつたわってるのかな？

「ウソだと思《おも》ってたけど、さっきの浄化《じょうか》を見《み》たら、本当《ほんとう》なのかなって思《おも》えたわ」

わたしは「うーん」と宙《ちゅう》を見《み》ながら考《かんが》えた。何者《なにもの》って言《い》われても……わたしはふつうの中学生《ちゅうがくせい》だし、ルビィはネコだし、守護霊《しゅごれい》みならいとそのサポーターってだけだし。

どうにも答《こた》えがまとまらない。すると、うしろの観戦席《かんせんせき》から声《こえ》がした。

「〝守護霊探偵《しゅごれいたんてい》アンバー〟っていうのはどう？」

ふり返《かえ》ると、にこやかな笑顔《えがお》を浮《う》かべた光《らいと》くんがいる。横《よこ》には海《まりん》くんもふんぞり返《かえ》ってすわり、納得《なっとく》するようにうなずいていた。

「あー、〝こはく〟を英語《えいご》にしたら〝アンバー〟だっけ。なるほどなぁ」

「待《ま》って、なんでそんな通《とお》り名《な》を……」

わたしははずかしくなって立《た》ちあがる。でも、光《らいと》くんと海《まりん》くんはおもしろそうに、なおも言《い》った。

「何者《なにもの》かって聞《き》かれたら、そう答《こた》えるしかないだろ。おまえは頭《あたま》で考《かんが》えて答《こた》えを出《だ》すのが得意《とくい》だし、いかにも探偵《たんてい》じゃん」

「にあってると思《おも》うけどなー。僕《ぼく》がつけたんだから、よかったら使《つか》ってよ」

「ええ……」

わたしは複雑《ふくざつ》な気分《きぶん》になり、顔《かお》をゆがめる。このやりとりを、三園《みその》さんが眉《まゆ》をひそめて見《み》ており、ため息《いき》をつきながら言《い》った。

「ところで、あなたたちの仲《なか》のよさ、ちょっと考《かんが》えたほうがいいわ。敵《てき》を作《つく》るわよ」

それはわたしもそう思《おも》う。すると、海《まりん》くんが声《こえ》をあげた。

「はぁ？　なんでだよ。オレたちがだれと仲《なか》よくしたっていいだろ！」

「海《まりん》くんはどうでもいいのよ。光《らいと》くんの話《はなし》」

「おい、そりゃどういう意味《いみ》だ、三園《みその》」

しばらく、三園《みその》さんと海《まりん》くんはにらみあっていた。光《らいと》くんは、海《まりん》くんをなだめるのにいそがしい。わたしは間《あいだ》に入《い》れなくなり、試合《しあい》を見《み》た。

ちなみに試合《しあい》はまだまだ続《つづ》いていて、ジェットのすさまじいアタックを、ルビィが必死《ひっし》に受《う》けていた。ボールの流《なが》れが一組《いちくみ》チームに向《む》かい、ルビィが究極《きゅうきょく》のネコパンチでアタックする。

「みゃーーっ！」

決着《けっちゃく》つくかなぁ、これ……

そう思《おも》っていた瞬間《しゅんかん》、ボールが観戦席《かんせんせき》に飛《と》んできた。

「あぶない、ほたる！」

ジェットの叫《さけ》び声《ごえ》とともに、ボールがまっすぐわたしたちの元《もと》へつっこんでいく。

「みゃっ!?　こはく、よけて！」

気《き》づいたルビィも叫《さけ》ぶ。

すると、海《まりん》くんが観戦席《かんせんせき》から飛《と》び降《お》り、三園《みその》さんの前《まえ》に立《た》ってボールを受《う》けた。

海《まりん》くんの胸《むね》に当《あ》たったボールは、ポーンと宙《ちゅう》を飛《と》び、それを光《らいと》くんがキャッチする。

わたしたちは目《め》の前《まえ》に立《た》つ海《まりん》くんを、ぼうぜんと見《み》た。

「あっぷねぇ……こはく、三園《みその》、だいじょうぶか？」

そう聞《き》きながらふり返《かえ》る海《まりん》くんに、わたしはこくこくとうなずく。

「わたしは、だいじょうぶ……」

そう言《い》いながら三園《みその》さんを見《み》ると……

「……だ、だいじょ、ぶ」

三園《みその》さんは顔《かお》を真《ま》っ赤《か》にして、目《め》をうるませながらつぶやいた。

「ハッ！　カケラの気配《けはい》！」

なにやらターちゃんが、翼《つばさ》をはためかせた。すかさず三園《みその》さんの胸元《むなもと》からピンク色《いろ》の親《しん》愛《あい》のカケラが飛《と》び出《だ》す。これに三園《みその》さんは、あわてて親愛《しんあい》のカケラをつかまえた。

「だ、ダメ！」

カケラは三園《みその》さんの手《て》のなかにとじこめられた。

「ええっ!?」

ターちゃんがおどろくけど、光《らいと》くんにつかまえられてしまう。

「なんだよ？　どうした、三園《みその》。やっぱ、どこか当《あ》たったのか？」

海《まりん》くんがフシギそうに聞《き》くけど、三園《みその》さんは首《くび》をブンブンふって、なにも答《こた》えない。

わたしはすさまじい速《はや》さで答《こた》えが見《み》つかり、手《て》をポンと打《う》った。なるほど、三園《みその》さんって海《まりん》くんのことが……

でも、大《おお》きな歓声《かんせい》で思考《しこう》がさえぎられてしまった。いつのまにか再開《さいかい》されていた試合《しあい》に、決着《けっちゃく》がつきそう。

勝負《しょうぶ》のゆくえは、はたして……？

エピローグ　ケンカするほど仲《なか》がいい？

球技大会《きゅうぎたいかい》が終《お》わったら、すこし時間《じかん》があいて、いよいよ期末《きまつ》テストがはじまる。

わたしは日《ひ》ごろ、コツコツ勉強《べんきょう》してるけど超頭《ちょうあたま》がいいってわけじゃないから、成績《せいせき》はいつも中《ちゅう》の上《じょう》くらい。今回《こんかい》も五教科《ごきょうか》と副教科《ふくきょうか》ぜんぶ七十点台《ななじゅってんだい》だった。

ルビィも中学二年生《ちゅうがくにねんせい》だから平等《びょうどう》に試験《しけん》があるんだけど、テストの結果《けっか》は赤点《あかてん》ばかりで頭《あたま》をかかえていた。これをどこからかぎつけてきたのか、帰《かえ》りのホームルームが終《お》わってすぐ、ジェットがやってきた。

「フン、たいしたことないな」

ルビィの点数《てんすう》を見《み》て残念《ざんねん》そうに言《い》う。でもその口角《こうかく》がちょっぴりあがってるのを、わたしは見《み》のがさない。あぁ、ジェットは成績《せいせき》よかったのね……

「みゃー！　くやしいぃぃぃ！」

ルビィはつくえにふせて涙《なみだ》を流《なが》していた。かわいそうだけど、これはしかたがない。ネコが人間《にんげん》の試験《しけん》を受《う》けるのはムリがあるもん。でもベリル先生《せんせい》に泣《な》きついて、勉強《べんきょう》したくないと言《い》ってたルビィを思《おも》い出《だ》せば、自業自得《じごうじとく》なところもあるような。

ちなみに、ベリル先生《せんせい》には球技大会《きゅうぎたいかい》のことと、ジェットの話《はなし》をした。

「なんでジェットのこと言《い》ってくれなかったのー!?」とルビィが怒《おこ》ったけど、ベリル先生《せんせい》はあっけらかんと笑《わら》ってこう答《こた》えた。

『てっきり、気《き》づいてるのかと思《おも》ってました。だから勝負《しょうぶ》をさせてみようとね。受験者同《じゅけんしゃどう》士《し》ではげみあうのはよいことでしょう？』

わたしとルビィが、深《ふか》いため息《いき》をついたのは言《い》うまでもない。
「みゃーーん、負《ま》けたあああ！」
そんなことを思《おも》い出《だ》してるうちに、ルビィがわたしにだきついて、みゃんみゃん泣《な》いた。
ジェットが勝《か》ちほこった顔《かお》をしてテストの成績《せいせき》を見《み》せるけど、ルビィよりちょっと点数《てんすう》が
いいだけで、赤点《あかてん》がひとつあった。どんぐりの背《せい》くらべだよ！
しかたない。わたしはジェットに言《い》った。
「ねぇ、ジェット。毎日《まいにち》ルビィに勝負《しょうぶ》をふっかけるの、やめてくれる？　この前《まえ》の勝負《しょうぶ》で
負《ま》けたからって、往生際《おうじょうぎわ》が悪《わる》いよ」
そう、球技大会《きゅうぎたいかい》は一点差《いってんさ》で一組《いちくみ》が勝《か》った。勝因《しょういん》はチームメンバーを入《い》れかえてスタミナ
をアップさせたから。技術的《ぎじゅってき》には互角《ごかく》だったけど、三組《さんくみ》の体力切《たいりょくぎ》れで幕《まく》を閉《と》じた。
ジェットは不満《ふまん》そうに腕《うで》を組《く》むと、足《あし》をトントンと鳴《な》らす。
「チーム戦《せん》じゃなく個人《こじん》で勝負《しょうぶ》するなら、わたしが圧倒的《あっとうてき》だとわかったからな。ルビィを
コテンパンにしないと気《き》が済《す》まない」
コテンパンって……。だから成績《せいせき》、ルビィとあんまり変《か》わらないってば！

でも、ルビィは負《ま》けたことがくやしいらしく、このことに気《き》づいてない。

「こはくぅ、ジェットがいじめるぅ……」

テスト用紙《ようし》をにぎりつぶして、わたしにだきついてくる。

守護霊《しゅごれい》みならいは受験者同士《じゅけんしゃどうし》が競《きそ》いあわなくても、試験《しけん》に合格《ごうかく》すれば守護霊《しゅごれい》になれる。

それなのに、ジェットもルビィも勝負《しょうぶ》にこだわってて相変《あいか》わらずだ。

「まぁまぁ、仲《なか》よくしようよ……ね、ほら、ほたるちゃんも」

わたしは、さっきから教室《きょうしつ》の外《そと》でじっとこちらを見《み》つめている、ほたるちゃんにも声《こえ》をかけた。

実《じつ》はあれから、ほたるちゃんもわたしのことをつけまわしてて……なぜか、恋敵《こいがたき》として見《み》られている。海《まりん》くんとわたしはなにもないのに。

それで毎日会《まいにちあ》うから、勝手《かって》に「ほたるちゃん」と呼《よ》ぶことにしたの。本人《ほんにん》は「いい」とも「悪《わる》い」とも言《い》わないから、いいんだと思《おも》う。

ほたるちゃんはそそくさと教室《きょうしつ》に入《はい》ると、さっそくイヤミを放《はな》った。

「フン。今日《きょう》も部活《ぶかつ》でしょ？　さっさと行《い》きなさいよ。行《い》かなくてもいいけど。海《まりん》くんに毎日会《まいにちあ》って仲《なか》よくしてるからって、いい気《き》にならないでよね」

「ほたるちゃんは同《おな》じクラスで、毎日会《まいにちあ》ってるでしょ……」

ほたるちゃんは聞《き》く耳《みみ》を持《も》たない。腕《うで》を組《く》んでそっぽを向《む》く。

「どうして海《まりん》くんって、あなたのことを気《き》に入《い》ってるのかしら。こーんな平凡《へいぼん》な子《こ》なのに、いつも『こはく、こはく』って、しっぽふってバッカみたい。本当《ほんとう》にムカつくわ」

「それをわたしに言《い》ったところで、どうにもならないからね！」

ほたるちゃんは、もっと素直《すなお》になればいいのに！

つくえをバンッとたたいて抗議《こうぎ》しても、ほたるちゃんはツーンとするばかりで効果《こうか》がない。ああ、今日《きょう》もわたしの周《まわ》りはにぎやかだな……。気《き》が遠《とお》くなる。

＊＊＊

それから、ほたるちゃんたちを追《お》い返《かえ》して部室《ぶしつ》に向《む》かう。ルビィはとちゅうで、海《まりん》くんとターちゃんといっしょに支援部《しえんぶ》の活動《かつどう》をしに走《はし》っていった。

ひとりで部室《ぶしつ》のドアをあけると、光《らいと》くんが本《ほん》を読《よ》んで待《ま》っていた。

「やぁ、おつかれ」

「おつかれ、光《らいと》くん……はぁっ！」

わたしはたおれこむようにして、部室《ぶしつ》のつくえにねそべった。

さっそく光《らいと》くんに今日《きょう》のことを話《はな》す。

「あはは、それは本当《ほんとう》に大変《たいへん》だったね……」

光《らいと》くんが苦笑《にがわら》いしながら言《い》う。

こういう時間《じかん》がとれるようになったのは、ジェットたちからのジャマがかなりなくなったからだ。でも全部《ぜんぶ》というわけじゃない。あのとおり、ジェットはルビィと張《は》り合《あ》いたがるから、仕事《しごと》のうばいあいになることや勝負《しょうぶ》になることはある。

毎日《まいにち》そうだとつかれちゃうから、わたしはたまに部室《ぶしつ》でひとやすみしていた。

つくえにねそべったわたしは、かわいた笑《わら》い声《ごえ》をもらした。

「まぁ、まだ二次試験《にじしけん》は終《お》わらないから、これからしばらく、にぎやかなんだろうなぁ……ははは」

「本当《ほんとう》におつかれさま、こはくちゃん……」

光《らいと》くんは気《き》の毒《どく》そうに笑《わら》うと、しずかに読書《どくしょ》へもどっていく。

わたしはそっと光《らいと》くんを見《み》つめた。最近《さいきん》は生徒会《せいとかい》のお仕事《しごと》も減《へ》ったみたいで、こうして毎日会《まいにちあ》えるようになった。ふだんは教室《きょうしつ》やろうかでは人目《ひとめ》を気《き》にして、あまり話《はな》せないけど、部室《ぶしつ》でふたりきりの時間《じかん》があるだけで十分《じゅうぶん》うれしいかも……

って、なんでそんなこと考《かんが》えてるの、わたし！　そりゃ一時《いちじ》は光《らいと》くんのことかっこいいなって思《おも》ったし、わたしに「好《す》き」だって言《い》ってくれたけど、あれはムーンライトが見《み》せた幻覚《げんかく》なのよ！

いや、いまの光《らいと》くんだってかっこいいよ。やさしくてたよりになるし、わたしの話《はなし》も聞《き》いてくれる。

でも光《らいと》くんは、ムーンライトのせいで、わたしに告白《こくはく》してきただけ。そのことを覚《おぼ》えてないみたいだから……。友《とも》だち、そう、わたしたちは友《とも》だちなのよ！

そう言《い》い聞《き》かせるように足《あし》をバタバタさせていると、光《らいと》くんがわたしの頭《あたま》にコツンと本《ほん》を乗《の》せた。

「こはくちゃん、落《お》ちついて」

光《らいと》くんはおもしろそうにクスクス笑《わら》う。なんだか光《らいと》くんも、わたしに対《たい》して遠慮《えんりょ》がなくなってきたような気《き》がするなぁ。仲《なか》よくなれてるのかな。

そういえば、今回《こんかい》はかなり助《たす》けられちゃった。わたしが倒《たお》れて寝《ね》ちゃったときも助《たす》けてくれて……

ん？　そういえば、あのとき……ふと、あの日《ひ》に見《み》た光景《こうけい》を思《おも》い出《だ》す。

「ねぇ、光《らいと》くん」

呼《よ》んでみると、光《らいと》くんは本《ほん》から顔《かお》をあげて「ん？」とやさしく聞《き》いた。

わたしは顔《かお》を近《ちか》づけて、光《らいと》くんの顔《かお》をまじまじ見《み》つめる。

「光《らいと》くん、なにかわたしにかくしてることない？」

「えっ？」

光《らいと》くんは目《め》を見開《みひら》いておどろく。だんだん頬《ほお》が赤《あか》くなり、そのままゆっくりと本《ほん》に顔《かお》をうずめていく。

「あ、ちょっと光《らいと》くん、にげないで！」

「にげてません」

「にげてる！　もうその本《ほん》、何回読《なんかいよ》んでるの？」

「す、好《す》きだから、何回《なんかい》でも読《よ》むよ！」

なんだか声《こえ》を上《うわ》ずらせて言《い》うけど、これはかくしごとがある反応《はんのう》だ。

ちょっとたしかめないといけない。わたしは、光《らいと》くんの本《ほん》をうばおうと身《み》を乗《の》り出《だ》す。

「またなにか、かかえこんでない？　ヒミツにしてることは？」

「だから、ないってば！」

光《らいと》くんがイスに背中《せなか》をくっつけてのけぞる。

「本当《ほんとう》に？　わたし、光《らいと》くんのこと心配《しんぱい》で……」

「もう、こはくちゃん！　そんなに近《ちか》づくとあぶないから！」

ガチャッ。とうとつに、部室《ぶしつ》のドアがひらく。

ルビィがほくほくとうれしそうな笑顔《えがお》で飛《と》びこんできた。

「よーし、今日《きょう》もたいりょうだー！」

わたしと光《らいと》くんは、二人《ふたり》して固《かた》まった。ちょうど、顔《かお》がぐっと近《ちか》づいてしまったところだったからだ。これに、ルビィが「しまった」という顔《かお》をした。

「あらあら？　ルビィ、おジャマだったかなー？」

だんだんはずかしくなったわたしは、すばやく光《らいと》くんからはなれて立《た》ちあがった。

「ちがうっ！　そんなんじゃないから！」

「えー？　でも顔《かお》が真《ま》っ赤《か》だよ、こはく。光《らいと》くんも。ルビィの毛並《けな》みみたい」

「う……そんなことない！　そんなことないから！」

わたしは必死《ひっし》に言《い》った。光《らいと》くんは本《ほん》に顔《かお》をうずめて、だまりこんじゃった。

ルビィは「みゅふふ」と笑《わら》うと、ニンマリした口《くち》のまま言《い》った。

「だいじょうぶ、だいじょうぶ。だれにも言《い》わないから～」

「だから、ちがうの！　話《はなし》を聞《き》いてただけなの！」

誤解《ごかい》を解《と》こうとルビィの肩《かた》に手《て》をのばす。でも、ルビィはひらりとわたしの手《て》をかわすと、部室《ぶしつ》を飛《と》び出《だ》した。

「ちょっと、ルビィ!?　待《ま》ちなさい！」

「ルビィ、だれにも言《い》いません！　おジャマもしませーん！」

ルビィは笑顔《えがお》のまま、からかうように逃《に》げた。

「あ、こはくとルビィ、なにやってんだよ、おまえら」

とちゅうで海《まりん》くんとすれちがったけど、かまってる場合《ばあい》じゃない。

「待《ま》ってよ！　ルビィ！　ねぇっ！　あれは誤解《ごかい》なのーーーーーっ！」

わたしの大声《おおごえ》が、夏空《なつぞら》に吸《す》いこまれた。

Afterword

みなさん、こんにちは。小谷杏子《こたにきょうこ》です。

『守護霊探偵《しゅごれいたんてい》アンバー〜ライバルにも悪霊《あくりょう》にも負《ま》けない！〜』いかがでしたか？

みなさんの応援《おうえん》のおかげで、またこはくたちの物語《ものがたり》が動《うご》きだしました。本当《ほんとう》にありがとうございます！

私《わたし》にとって人生《じんせい》で初《はじ》めての続刊《ぞっかん》ということで、はりきって書《か》かせてもらいました。

前回《ぜんかい》のお話《はなし》を書《か》いているときからぼんやりと頭《あたま》に浮《う》かんでいた、ほたるとジェット。

ルビィのライバルとしてぜったいに書《か》きたい！と思《おも》っていたのです。

今回《こんかい》のテーマは友情《ゆうじょう》！　こはくとルビィが仲間《なかま》といっしょに力《ちから》を合《あ》わせて悪霊《あくりょう》に立《た》ち向《む》かうお話《はなし》でした。

大切《たいせつ》な友《とも》だちとケンカしたり、怒《おこ》ったり泣《な》いたり笑《わら》ったり……今《いま》までのこはくはそういうことがあまりなかったので、ゆっくりですが成長《せいちょう》しているなと思《おも》います。ルビィもそうです。

海《まりん》くんもターちゃんも今回《こんかい》は楽《たの》しそうにしていましたね。（よかった〜！）光《らいと》くんは……このヒミツはまだまだ明《あ》かせないみたいです。

ほたるとジェットは、こはくとルビィと正反対《せいはんたい》なようでそっくりです。仲《なか》よくしてほしいですね。

にぎやかになった守護霊探偵《しゅごれいたんてい》アンバーです。引《ひ》き続《つづ》き、こはくたちの物語《ものがたり》を見守《みまも》ってください。そして、おもしろかったら、ぜひお友《とも》だちに話《はな》してみてくださいね！

それでは、ここで感謝《かんしゃ》の言葉《ことば》を。

いつもはげましてくださる担当様《たんとうさま》、今回《こんかい》もいっしょにお仕事《しごと》ができてうれしかったです。ありがとうございました。

イラストのほし先生《せんせい》、今回《こんかい》もかわいいこはくたちに会《あ》わせてくださり、ありがとうございました。ほたるとジェット、最高《さいこう》にかわいいです！

そして、友人《ゆうじん》たち。情《なさ》けなくへこんでいる私《わたし》のなやみを聞《き》いてくれてありがとうございました。

最後《さいご》に読者《どくしゃ》のみなさん、ここまで読《よ》んでくださり、ありがとうございました！

またみなさんにお会《あ》いできる日《ひ》まで、こはくたちといっしょに待《ま》ってます！

小谷杏子《こたにきょうこ》

探偵《たんてい》と怪盗《かいとう》の
学園《がくえん》ファンタジー！

守護霊探偵《しゅごれいたんてい》アンバー1～2

作：小谷杏子《こたにきょうこ》　絵：ほし

中学《ちゅうがく》二年生《にねんせい》のこはくのもとに、去年《きょねん》死《し》んでしまったペットのルビィが守護霊《しゅごれい》みならいとして帰《かえ》ってきた！ルビィが正式《せいしき》な守護霊《しゅごれい》になる手伝《てつだ》いをするため、こはくは校内《こうない》のお悩《なや》み相談係《そうだんがかり》を始《はじ》めることに。魔法《まほう》と推理《すいり》で学校《がっこう》の問題《もんだい》を解決《かいけつ》するスクールファンタジー！

アルファポリスきずな文庫

夢《ゆめ》の世界《せかい》から
たった一人《ひとり》を見《み》つけ出《だ》せ！

ユメコネクト1～3

作：成井露丸《なるいつゆまる》　絵：くずもち

文芸部《ぶんげいぶ》でゆっくり過《す》ごすのが好《す》きな遥香《はるか》。そんな彼女《かのじょ》には、夢《ゆめ》の世《せ》界《かい》でしか会《あ》えない不思議《ふしぎ》なパートナーがいるというヒミツがあった。そんなある日《ひ》、そのパートナーが現実《げんじつ》の世界《せかい》でも存在《そんざい》すると知《し》ってしまう。さらにその正体《しょうたい》は超意外《ちょういがい》な人物《じんぶつ》で——!?

アルファポリスきずな文庫

小谷杏子《こたにきょうこ》／作《さく》

福岡県福岡市在住。2020年、アルファポリス第3回ライト文芸大賞にて大賞を受賞。青春恋愛小説、ライト文芸ほか児童向けアンソロジーなど幅広く執筆。5分で読書 昼休みシリーズ（カドカワ読書タイム）、ひみつの小学生探偵シリーズ（Gakken）など。

ほし／絵《え》

児童文庫やVTuberなどを中心に活動しているイラストレーター。

新キャラクターたちに注目なのはもちろんですが、こはくやルビィ、月と海も以前より表情豊かでとても可愛らしいのでぜひじっくりと見てもらえると嬉しいです。

守護霊探偵《しゅごれいたんてい》アンバー②

ライバルにも悪霊《あくりょう》にも負《ま》けない！

作《さく》　小谷杏子《こたにきょうこ》
絵《え》　ほし

2025年 2月 15日 初版発行

編集	本丸菜々
編集長	倉持真理
発行者	梶本雄介
発行所	株式会社アルファポリス 〒150-6019 東京都渋谷区恵比寿4-20-3 恵比寿ガーデンプレイスタワー 19F TEL 03-6277-1601（営業）03-6277-1602（編集） URL https://www.alphapolis.co.jp/
発売元	株式会社星雲社（共同出版社・流通責任出版社） 〒112-0005 東京都文京区水道1-3-30 TEL 03-3868-3275
デザイン	川内すみれ（hive&co.,ltd.） （レーベルフォーマットデザイン — アチワデザイン室）
印刷	中央精版印刷株式会社

価格はカバーに表示しています。

落丁乱丁の場合はアルファポリスまでご連絡ください。送料は小社負担でお取り替えします。


ISBN978-4-434-35304-8 C8293

ファンレターのあて先

〒150-6019 東京都渋谷区恵比寿4-20-3 恵比寿ガーデンプレイスタワー 19F
（株）アルファポリス　書籍編集部気付

小谷杏子先生

いただいたお便りは編集部から先生におわたしいたします。